極上エリートとお見合いしたら、激しい独占欲で娶られました
～俺様上司と性癖が一致しています～

如月そら

Sora Kisaragi

エタニティ文庫

目次

極上エリートとお見合いしたら、激しい独占欲で娶られました
～俺様上司と性癖が一致しています～

プロローグ

駅前の「タワー」と呼ばれるビルの中に「榊原《さかきばら》トラスト」の本社がある。もともと地元の不動産を多数保有している企業で、近隣にその名を知らぬものはない。

一階にある受付には常時二名の女性が座っていて、社外からのお客様の対応などの業務を行っていた。

顔で選んでるのか？　と思うような美人が対応してくれる、と大変に評判がよかった。

「佐伯《さえき》さん、相変わらず綺麗ですね」

「一条《いちじょう》様、そんなことないですよ？」

「ああ、名前覚えてくださっているんだ！　嬉しいです」

受付ではそんなやりとりが聞こえてくる。

一人の女性が来客者の男性に対応していた。

週一のエステはマスト、美容院にはこまめにカットに行き、ヘッドスパとトリートメントは欠かさない。

毎日のルーティンである寝る前の軽いストレッチ、それからホームエステも忘れないことで、その美しさを維持しているのだ。

さらに手入れの行き届いたさらりとした髪が、小首を傾《かし》げるとサラッと肩から流れるのを十分に意識し、穂乃香《ほのか》は一条に笑顔を向けた。


佐伯穂乃香は榊原トラストグループ本社の受付嬢だ。

身長は一六〇センチに微妙に満たないくらいでさらりとした髪とキメの細かい肌、小顔で大きな黒目がちの目の持ち主だ。

少しだけ下がり気味の目尻が、顔立ちに愛嬌をプラスしている。

小さめだけれどすうっと通った鼻筋に、きゅっとした小さな唇。

絶世の美人というよりも、人に好かれる可愛い顔立ちなのだ。


タワーと呼ばれている駅前のセキュリティの厳しいこの大きなビルは他県でも有名だ。

榊原トラストはこのビルのみならず、いくつもの高層オフィスビルの他、高級高層マンションの運営もしている。

もちろん、不動産だけではなく、それに派生するコンシェルジュ業務や、土地開発やモールの企画など、多角経営をしている会社なのだ。

そんな大きな企業の受付である、ということは穂乃香のプライドでもあった。

……のだが……


「異動、ですか？」

上司との面談で、穂乃香は突然そう命じられたのである。

まさに寝耳に水。

しかし、人事とはそういうものだ。

「そうです。佐伯さんは今の部署で三年目ですし、そろそろ別のキャリアを積んだほうがいいと思います。次は営業部ですね。営業課のアシスタントです」


（えぇぇぇーー!?）


穂乃香はあまりのショックで、その後の上司の話す内容など頭に入ってこない。

（うちの営業部って、営業部って、ＣＥＯ直属とも言われていて、無茶苦茶ハードな部署だって聞いてるんですけどーー!!）

第一章　異動先はドS上司のアシスタント

榊原トラスト本社の最上階にある、夜景が見えるフレンチが食べられる店では、穂乃香が同期の篠原梨花《しのはらりか》と「女子会フレンチコース・二時間半飲み放題付き」を堪能していた。

「異動なんてショックすぎるー」

穂乃香は、その綺麗な顔を両手で押さえて嘆く。

「けどうちの営業部ってみんなエリートばっかりだし、羨《うらや》ましいけどなあ」

「だって……」

穂乃香にしてみれば、エリートより自分のプライドの問題なのだ。

「はー……受付好きだったのになあ……」

「まあ、穂乃香は受付に命かけてたもんねぇ」

梨花の言葉には微笑みで返事した。

穂乃香が受付業務を大事に思うのは理由があったから。

それは、穂乃香が小学校の卒業のお祝いで、タワーで食事をした時のことだ。父との待ち合わせでロビーで待っていた穂乃香は、受付の女性が来る人来る人に笑顔で対応しているのを見た。

濃紺にオフホワイトのラインの入った制服もとても可愛くて、笑顔も素敵で、お客様もついつられて笑顔になってしまうくらいで、穂乃香もぼうっとそれに見とれていた。

その受付の女性は、そんな穂乃香に気づくとにこっと笑顔を向け、おいでおいで、と手招きしたのだ。

そして『内緒ね』とそれはそれは素敵な笑顔とウインクを添えて、イチゴのキャンディをくれたのである。

その時のその女性は、今まで穂乃香が見たことがないくらいに綺麗で、しかも近づいたらすごくいい匂いがした。

その瞬間から、穂乃香の憧れの職業は受付嬢になったのだ。

綺麗でありながら、きりりと仕事をしている様子。どんな人も笑顔にしてしまうような魔法を使える人のように感じた。

実際にその職についてみると、もちろん苦労もあるけれど、穂乃香には合っていたし、憧れの職業でもあり、やりがいもあったのだ。

それなのに……。人生なかなかうまくいかないものだ。

「そんなに可愛いのに、あなたは誰ともお付き合いしないのよね」

穂乃香をじっと見つめていた梨花は、ワインを傾けて、穂乃香にため息をついてみせる。

「んー、いい人はいいなくもなかったけど……」

可愛らしくて人当たり良く穏やかな穂乃香は、合コンのお誘いが引きも切らない。

穂乃香としては付き合いのつもりで何度か参加したことはあるが、「お仕事は？」と尋ねられ「榊原トラストで受付をしています」と言うと「受付嬢なんだ！　すごい！」と目の色を変えられてしまって、穂乃香自身のことを見てくれているとは思えなかった。

だから、大学を卒業してからは男性とのお付き合いはしていない。

仕事に夢中だったから、ということもある。

「で、営業部で何するの？」

「えっと、アシスタントとか言っていたかな」

そういえばショックで詳しい話を聞いていなかったが、優秀な営業マンの専属アシスタントだとか聞いたような気がする。

「なんか誰かの専属アシスタント、とか言っていたような……」

「それってカッコいいじゃない！」

「でも、受付のがいい……」

くすんと鼻をすする。

「だーかーらー！　もう、決まったことでしょ？　それより、そのアシスタント？　って秘書みたいなものじゃないの？　それもいいと思うけど」

秘書……だとしたら、確かにカッコいいかもしれない。

「それに専属でアシスタントをつけられるって営業部でも相当優秀なんじゃないの？　その人相当なエリートなんだと思うよ？　うまくいっちゃいなよー！」

「えー？　それはないから！」

◇◇◇

穂乃香と梨花がワイングラス片手に盛り上がっていた頃、榊原トラスト本社の営業部ではナンバーワンセールスの呼び声も高い桐生聡志《きりゅうさとし》がパソコンに向かっていた。

「桐生課長、今日もまだやっていくのか？」

年齢的には課長と呼ばれるほどの年次ではない桐生ではあるが、榊原トラストの営業部を引っ張っている主力の一人である。年次とは関係なくその実力を周りに認められている人物だ。

「やっていくよ」

「アシスタントがいないと大変だな」

「まあ、来る予定にはなっているから」

同僚に苦笑を返した桐生だ。

高身長、有名私立大卒。高収入であることも間違いない。若いながらも榊原トラストにその人ありと言われている。

しかも、整っている顔立ちに、営業だからと磨きをかけることも怠らない。

そんな桐生を『意識高い系？』とからかう同僚もいるが、そんな奴らに成績で負けたことはないのだ。

二ヶ月前に二年専属でついてくれていたアシスタントが結婚退職した。

同じ部署の同僚と社内恋愛だったらしいが、桐生はあまりの忙しさに二人が付き合っていることすら知らなかった。突然の結婚退職は非常にショックだった。

次に来たアシスタントは派遣で三ヶ月契約だったのに、一ヶ月で来なくなってしまった。

かなり仕事をぶん投げた自覚はある。

しかし、プロの派遣だと聞いていたのだ。意思疎通がうまくいっていないかもしれないと桐生自身も感じていたけれど。

『聞いてません。私の業務じゃありません。こんなに忙しいなんて聞いていませんでした』

相当に腹を立てて、派遣元に愚痴って派遣終了になったらしい。

頼む。それは自分に言ってほしかった。

（明日は午前と午後でアポが入っていたか？）

午前の資料はできている。中身についても確認した。しかし、プレゼンするのに足したい条項があるのを思い出す。

午後は先方への確認が必要な案件があった。それについては会社のしかるべき部署がメールで回答してくれている。

新規案件の資料の作成、部下からの相談。関わっているプロジェクト、どれもフォローやメンテナンスしてやらなくてはいけない。

どう考えても時間が足りない。

（あー、通達確認しておけって言われていたな）

気づいたら今日も時計の針は零時に到達しそうだ。

そんな中、明日からまたアシスタントがつくと知って、桐生は安心した。

（この雑務からやっと解放される！）

前任には辞められ、前々任は結婚退職。

もちろん手は欲しい！

けれどアシスタントというものが、若干トラウマとなりつつある桐生なのだ。

次はどんな人物なんだろうと気にはなっていたけれど、とにかくは目の前の仕事である。

頭から雑念を追い出し、桐生はものすごいスピードで資料の作成を進めていくのだった。

その翌日のことだ。

「桐生課長！　マジですか？　マジですか？」

「あ？」

「今度来るアシスタントって、受付の佐伯さんじゃないですか!?」

同じデスク島の後輩である時任《ときとう》のテンションが朝から異常に高い。

佐伯、という名を聞いて、今日から配属になるアシスタントがそんな名前だったような気もすると、やっと思いつく桐生だ。

「そうか。確かそんな名前だったな……」

おぼろげな記憶を頼りに頷《うなず》く。

すると、周りがいっきにざわめいた。

「羨ましすぎなんですけど！」

（こいつら、何を朝からそんなにはしゃいでいるんだ？）

普段はこんなふうに桐生の周りになど集まってこないくせして、今日からアシスタントが配属になるからと桐生のデスクの周りで賑《にぎ》やかにしているのだ。

「もー、俺、彼女の大ファンなんです」

「朝とか、ふわっとした笑顔で『おはようございます』とか言われるとラッキーって思うよなあ」

「何をそんなにはしゃいでいるんだ？」

「受付の佐伯さんですよ!?」

桐生にしてみれば、ああ受付？　そういえば人がいたな、という感覚だったのだ。皆がはしゃぎ回る意味が分からない。

「桐生課長だって、朝ご挨拶されますよね？」

「よく覚えていない。まあ、おはようと言われれば返すとは思うが、そもそも接点もないしな」

桐生がそう言うと、時任にぬるい表情を浮かべられた。

なんだかムカつく。

「まあ……だから桐生課長なんですよね、うん」

なんだ、それは。

「佐伯さんと桐生課長の組み合わせってとんでもない迫力になりそうです！」

「美男美女だよなあ」

一方でデスク周りはまだ盛り上がっている。

「桐生課長、彼女いないんですよね？」

「興味ない」

一体何の心配をされているのだろうか。

「じゃあ、絶対に佐伯さんに手出さないでくださいね！」

「まあ、桐生課長なら心配ないかー！」

あははーと笑っている同僚たちにかける言葉はない。

事実すぎるからだ。

桐生のスラリと高い身長は、一センチ位のサバを読んで公称は一八〇センチだ。均整の取れた体格は、それなりに節制しているおかげでもあった。

整っている顔と言われることが多い涼し気な目元と、通った鼻筋は両親からの贈り物だと思っている。

営業だって、綺麗な見た目は仕事に有利だと、桐生は自分の容姿については割り切った考え方をしていた。

少し薄めの唇は、笑みを浮かべれば誰もが魅了されるけれど、仕事中はきりりと引き締められていることが多い。

仕事中の厳しい顔はクールできりりとしていて、けれど笑顔になれば、とてつもなく素敵！　と、そのギャップも密かな人気なのだ。しかし、その口から吐き出される毒と言えば、半端ない。

基本的に自分は仕事が好きでできるせいか、桐生は他の人ができないことには少しにぶいところがあった。

それに加えて、歯に衣着せぬ性格だ。

『ありえない』

『こんなんじゃ一緒に仕事はできない』

『これができない意味が分からない』

悪意はない。

しかし、正直これでエース級の営業でなかったら、結構際どいところだ。

桐生自身が人よりも仕事をしていて、そう言われても仕方ないと周りを納得させるだけのものがあるから、ギリギリ許されている行動なのだ。

『ま、桐生課長はキツいからねー』

『顔はよくて、性格も面倒見も悪くないけど、口は悪い。桐生課長は観賞用』

それが、桐生聡志の周りからの評価だった。


その時、部長に連れられて、緊張した様子の女性が部内に入ってきた。

一斉に課内がざわつく。

それも分かる気がした。

その女性はつややかな髪に、長くてたくさんの睫毛《まつげ》に縁取られた大きなくりんとした目、柔らかな印象の目元と手入れの行き届いた肌をしていた。

緊張しているのか、その白い肌は蒼白いくらいに見える。

華奢《きゃしゃ》ではあるけれど、ジャケット姿を見る限りではスタイルは悪くなさそうだ。

見た目が悪くなければ、お使いにも行かせられる。

それが、桐生の佐伯穂乃香に対する第一印象だった。


部長が声を張り上げた。

「今日から桐生課長の専属アシスタントをしてもらう佐伯さんだ。佐伯さん、一言いい？」

部長まで、優しく彼女の顔を覗《のぞ》き込む。

(『いい？』なんて、俺には聞いたことないくせに！)

「はい」

さらりとした声だった。

背中をまっすぐにした立ち方が綺麗なのは、さすが受付経験者だと桐生は思う。

「今日からお世話になります、佐伯穂乃香です。ずっと受付だったので、慣れないことが多いです。ご迷惑をおかけすることもあるかと思います。今後勉強していきますので、助けていただけると嬉しいです。どうぞ、よろしくお願いいたします」

その後のお辞儀も、それは見事なものだった。

これならば客先に連れていっても問題はないと桐生は判断した。

「桐生課長……いいなー……」

後輩たちの心底羨ましそうな声がする。

悔しかったら専属アシスタントがつくくらいの業績を上げろ、ということだ。

桐生が榊原トラストを気に入っているのは、こういうところだ。

しっかりと実力主義。

業績を上げているものはきっちり優遇してもらえる。

単に年功序列で上がっているだけの課長には、アシスタントなどつかない。

そういうことなのだ。

それも桐生が業績を上げ始めた頃に、課内のアシスタントだけでは自分の業務には追いつけないという話を周囲にしたところ、それがＣＥＯの耳に入ったらしく、試しにとつけてもらったのだ。

以降、桐生は業績を下げたことはない。

桐生が社外で数字を作る分、社内の他の作業や業務を任せられるような人物が必要なのだ。

彼女は桐生の席に来ると、綺麗に頭を下げた。

「よろしくお願いいたします」

綺麗な仕草や感じが良いのは助かる。

「桐生です。よろしく。やってほしいのは、俺が普段できないような社内業務の管理や資料の準備、場合によっては取引先フォロー等だから」

彼女は一瞬怯《おび》えたような表情を見せた。

「……はい」

同じデスク島の時任が椅子から立って、彼女に笑顔を見せる。

「同じチームの時任です！　分からないことがあれば何でも聞いてくださいね！」

時任はとても愛想が良くワンコ系と言われている。

確かに『桐生課長！　桐生課長！』となつく様子は子犬のようだ。

（こいつ、そう言えば、さっきは佐伯さんに『おはようございます』とか言われるとラッキーとか言っていたな……）

同じチームでもあるし、仲良くやってほしいとは思うが。

「ありがとうございます」

確かに彼女が時任に向けた、ふわりとした笑顔は悪くはない。

◇◇◇

穂乃香が榊原トラストに入社して最初に入った部署は、総務部の顧客管理業務課だった。そこが受付の部署になる。

顧客管理業務課には男性社員もいるけれど、受付業務は女性だけなのだ。

初めての異動で、穂乃香はとても緊張していた。

しかも初めての内務担当。営業部が華やかであることは知っていたけれど。

(だ……男性ばっかりだわ)

営業部の八割は男性である。こんなに男性ばかりの部署はもちろん初めてだ。

(黒い!)

みんなが着ているのはダークカラーのスーツなのである。

(圧迫感がある!)

男性が多い部署では穂乃香は埋もれてしまい、圧迫感を感じても不思議はなかった。

そんな穂乃香を、部長は一人の男性の席に案内してくれた。

部長がにこにこと案内してくれるから、彼も席を立った。

身長が高い。一八〇センチくらいありそうだ。すらりとしていて、きらきらとまぶしいくらいに端正な顔立ち。

（すっごい、素敵な人……）

ぴしりと決まったスーツは、綺麗に身体にフィットしているところを見ると、おそらくオーダーメイドだろう。ちらりと時計を確認したその時計は、スイス製の一流モデル。

切れ長の涼しげな目元が印象的で、鼻筋もまっすぐ通っていて、それに明らかに仕事できます！　的なオーラをまとっていて、どこから見ても魅力的な人だったのだ。

（この人の専属アシスタント……）

ちょっと憂鬱だった気持ちも晴れたような気がした。

「よろしくお願いいたします」

社内でも指折りの営業マンというのは華やかさもオーラも違うものなのねと感心しつつ、この人のために精一杯頑張ろうと決心し、誠心誠意気持ちを込めて穂乃香は挨拶した……つもりである。

返ってきたのは、

「桐生です。よろしく。やってほしいのは、俺が普段できないような社内業務の管理や資料の準備、場合によっては取引先フォロー等だから」

そっけない自己紹介と冷ややかな目線と無表情だった。

（――っ……怖い、怖いよー！）

「はい……」

穂乃香はそう返事をするのでいっぱいいっぱいだった。

受付にいた時は、社員にも笑顔しか向けられたことのない穂乃香である。

無表情にこれをお願いするから、なんて言われたことはほぼないのだ。


穂乃香のために桐生の隣の席が用意されていた。専用のパソコンや文具もある。

早速穂乃香はパソコンを立ち上げる。するとそれを見計らったかのように、桐生に話しかけられた。

「スケジューラー、分かる？」

「あ、はいっ」

各部署のアポイントはスケジューラーで確認していたので、もちろんそれは使える。

「いろんなところから俺のスケジュールの照会が入るけど、基本的には勝手に入れないでほしい。不在の時はメモしておいて。あとで確定してから入力をお願いするから」

「はい」

そしてこの資料を準備して、と言われたが、穂乃香にはどうやって準備したらいいのか分からなかった。

「佐伯さん、こっちに資料室があるからご案内します」

戸惑う穂乃香を見て、先ほど紹介された同じチームの時任が助け舟を出してくれる。資料室まで案内してくれたのだ。

桐生はその間も社内、社外含め、電話応対で忙しそうである。

桐生の様子を気にしながらも、穂乃香は席を立って時任と資料室に向かうことにした。


「桐生課長は忙しそうでしょう？」

時任が苦笑しながら穂乃香に話しかける。

「はい」

過去の資料はここにあるから、と穂乃香は時任にファイルを渡された。

ファイルを抱えて席に戻ると、桐生が穂乃香を見て何か言いたげにしている。

「あの、何かありますか？」

「基本的に俺が席にいる時は側にいるようにしてくれ。でないと依頼ができない」

「……っ、すみません」

「あー、すみません桐生課長。資料室が分からなかったそうなので、ご案内していたんですよ」

時任は大きな声で、桐生に向かってそう言った。

あからさまにかばった時任を桐生はじろりと見やる。

「では、そういうのは俺が席を外してからにしてもらおう。急遽、資料を作成して客先に持っていかなくてはいけなくなった。で、これを」

穂乃香に預けられたのは二センチほどの厚みのファイルだ。

「これのこの数値を、データ解析してほしい」

(データ解析……って何かしら?)

「データ解析が無理なら、簡単な表でも構わない」

「あの……すみません。簡単な表ってどのような……?」

穂乃香は首を傾げる。

「数値の入力だけでも構わない。表は帰ってきてから俺が作るから」

軽いため息と同時にそのように言われて、穂乃香は困ってしまった。

だって、今までそんな仕事、したことがないのだから。

(そんな蔑《さげす》むような目で見なくても……)

――すごく大量にあるような気がする。

「二百件程度だからな、大したことはないだろう」

事務作業に慣れた社員ならばなんてことはないのかもしれない。けれど穂乃香は実務ではほとんどこのような形の資料に触れた経験がないのだ。

人の顔を覚えるとか、どんなセクハラめいた発言にも切り返しできるとか、海外からのお客様にも対応するため英会話もできるとか、そんなスキルがさっぱり役に立たないのだということは分かった。

きっと本当はすぐ使えるようにデータ解析してほしかったのだろう。けれど、それが穂乃香には無理ということも察して、数値の入力だけで構わないと言ってくれた。

それは分かる。分かるのだか。

（これ、今日中にできるのかしら）

「頑張ります……」

「頑張るじゃない。できるかできないかだ」

言っていることは正しい。正しいけども！

（無表情なのと、淡々とした感じが怖いよーっ。それに言い方ーっ！）

「やりますぅ」

今まで会社が楽しくて一度も嫌だと思ったことはない穂乃香だったのだが、今日生まれて初めて、会社が嫌だと思ってしまった。

（アシスタントって、こんな扱いなのー!?）

午後から桐生は出かけてしまい、営業部の面々もどんどん外に出ていく。

その中で、穂乃香は慣れない入力作業を続けていた。

新しい部署に、知らない人間関係。慣れない業務。穂乃香はとてもさびしい気持ちになったのだった。

（受付に帰りたい……）

梨花はエリートと言っていたが、そのエリートは穂乃香のようなおバカはお呼びではないらしいと分かった。

確かに営業部はイケメンとエリート揃いだという話は聞いてはいたけれど、こんな専属アシスタントでは、他の営業と知り合う機会はないし、当の本人には嫌われていそうだ。

資料も用意できない、数値のデータ解析もできない。

こんなおバカなアシスタントなんて、きっとお呼びではなかったのだろうに。

それでもなんとか必死で入力して、桐生が帰ってくるまでに終わらせることができた。

「お疲れ。ただいま」

この部署では出かける人が多いせいか、出かける時は「行ってきます」戻ってきた時は「ただいま」というのが慣習になっているらしい。

「あ、お帰りなさい」

家でもないのにそんなふうに言うことは、穂乃香にはなんだか慣れないけれど、郷に入っては郷に従えである。

そんな穂乃香のパソコン画面を桐生は覗き込んできた。

「どうだ？　できたか？」

「はい。入力だけですけど」

穂乃香が今日一日かけて入力した数値を、桐生は確認している。

整った横顔は見とれるほど素敵なのだが……

「ん。まあ、初日だしな。今日はこれで十分だ。お疲れ様。帰っていいよ」

あっさり言われて、穂乃香は肩透かしを喰らったような気分だった。

「あの、でも桐生課長はまだお仕事されるんですよね」

「ああ、まだこれを資料にしないといけないからな」

きっと、もっと穂乃香に仕事ができれば桐生は残業しなくて済むのだ。

(向いていないのかもしれない……)

初めて穂乃香はそう思い、落ち込んでしまった。


重い足を引きずって、穂乃香は家に帰る。

「ただいま」

玄関には、母の靴の他にもう一足、女性ものの靴が揃えて置いてあった。

お客様がいるのだろうと、挨拶のため、穂乃香は客間に足を向ける。

漏れ聞こえてくる楽しそうな笑い声に、正直中に入りたくはなかったけれど。

「ただいま帰りました」

「あらー！　穂乃香ちゃん！　相変わらず可愛いのねえ」

それは穂乃香の母の妹にあたる叔母だった。

二十五歳になる穂乃香は、この叔母が非常に苦手だ。

なぜかと言うと……

「穂乃香ちゃん、良い方は見つかった？」

——これである。

穂乃香はにっこり笑った。

「いいえ。でもお仕事が順調なので」

「異動になったのよね？」

母の言葉に、叔母は即時に反応する。

「あら、受付はクビになったの？」

（ぐっ……そ、それは……別にクビになったんじゃないもん、異動だもんっ！）

「うちの会社でも花形の営業部に配属になったんです。優秀な方のアシスタントを任せていただいているんですよ」

つい、そんな言い方になる。

多少事実とは異なっていても！　今日からのアシスタントで、当の課長からは使えないって思われていても！　だ！

「あらー、でもね、女性の幸せはやっぱり幸せな結婚なのよ？」

結局着地点はそこなのだ。だからこの叔母は苦手だ。

「でも、穂乃香ちゃんもお仕事ばかりしていると時期を逃しちゃうでしょう？　私の知り合いの方で、ご子息がやっぱりお仕事を忙しくされてて、ご結婚できない方がいらっしゃるんですって」

（ご結婚できないって……）

「なんだかよく分からないけれど一流の企業にお勤めの方らしいし、穂乃香ちゃん会ってみない？」

なんだかよく分からない一流企業ってなんなのだろうか。それにそんな人なら結婚「できない」のではなくて「しない」のでは？　と思ったが、逆らうことはしない。

この叔母からの誘いは、大学を卒業した頃からあった。

今までは受付という仕事の華やかさもあり、いつでも出会いなんてあると思っていたから、そんな誘いを受けることはなかったけれど。

あんな……蔑《さげす》むような、「こんなこともできないのか」と、言ってはいないけれど、あからさまにそう見えるような、あの人の下で仕事をするくらいなら、お見合いでもしたほうがいいのかもしれない。

うまくいけばその一流企業の方？　と結婚して寿退社。

円満退社だ。

桐生にだって文句はないだろう。

——とりあえず、会うだけ。

穂乃香はそんなふうに思ったのだ。


「会ってみようかな……」

「あらあら、まあまあ！」

そういうセッティングが大好きな叔母は一気にテンションが上がり出す。

「じゃあ、ぜひお声かけさせていただくわね！　穂乃香ちゃん、可愛いから先方も喜ばれると思うわ！」

「あ、おばさま！　あまり大袈裟なのはやめてね」

「分かってますよー。今時の若い方はね、仲人《なこうど》もいらないと言うしね。ちゃんとお二人で会えるようにしますから！」

あー、忙しくなるわあ！　と勝手にそんなことを言って、叔母は帰っていった。

「穂乃香ちゃん？　よかったの？」

その場に残った母にそっと聞かれる。

「ん。でも会うだけだから。それにどんな人か会ってみないと分からないし」

別に会うからといって、結婚が決定するわけでもない。

「そうね。穂乃香ちゃんは今まであまりそういうことはなかったから、意外とこういう出会いのほうがいいのかもしれないわね」

柔らかい表情で母にそう言われて、けれど、穂乃香としてはこれを急いで進める気持ちはまだないので、ゆるりと笑っておいた。

そうして、そんなことはすっかり忘れて、穂乃香は仕事に必死になっていたのだった。

◇◇◇

「それで、書類はできているのか？」

「できてます」

「まったく……この前はせっかく数字が間違っていなかったかと思えば、順番を間違えてホチキス留めするだと？　どうしたらそんなミスができる？」

桐生の呆れたような声にも、穂乃香はここ数週間でだんだん慣れてきた。

「すみません。今日は大丈夫です！　フッター付けしたので順番は間違っていませんし、数字も大丈夫です」

桐生には悪気はない。

穂乃香が業務に慣れていないということは十分に理解してくれていて、最初は確かにキツイと思ったけれど、なんだかんだで時間内に終わらせることができている。

指摘があるとずばりと言ってしまうのは桐生の性格のようだが、裏表がないので逆にやりやすいのでは、と穂乃香は感じつつあったのだ。


実を言えば、最初のうちは本当に大変だった。

穂乃香が配属になって数日が過ぎた頃だ。

初日は突然「データ解析」なんてことを言われてだいぶ戸惑ったけれど、少しずつ慣れてきたような気もする頃合いだった。

「今度、企画会議があっただろう。資料は俺のフォルダに入っているから、会議の人数分用意しておいてほしい」

「はい」

会議の資料は分かる。先日も用意した。

企画会議だと言っているので、スケジュールの中から「企画会議」を探し出して、そこから人数を把握し、その分の資料を桐生のフォルダから探し出して、人数分プリンターで出力するだけだ……探し出して……

毎日探し物をしている気がする。

昨夜は探し物が見つからない夢を見たくらいだ。どうしても見つからなくて、びっしょり汗をかいて飛び起きた。

「俺は外出するから、帰ってくるまでにやっておいてくれ。時間になったら帰っていい。資料はデスクの上に置いておいてほしい」

「はい。行ってらっしゃいませ」

（依頼するほうは一言よろしくって言っておけばいいけれど、やるほうはねー、資料探しから始まるのよー？　ボタン一個で出てくるもんじゃないのよ？）

そのバッチリ決まったスーツ姿を見送って、穂乃香はパソコンに向かった。

「はあ……」

つい、漏れて出てしまったため息は深かったかもしれない。

「佐伯さん、大丈夫？」

時任が心配そうにパソコン越しに穂乃香の顔を覗き込んでくる。

「だいじょーぶですよ！　大丈夫……」

多少のカラ元気も含めて、穂乃香は時任に笑顔を向けた。時任もにこりと笑う。

「ボタン一個で出てくるもんじゃねーんだ！　って思わない？」

そう言われて、つい、穂乃香は時任を指差してしまう。

「それ！　それです！」

「あはは、やっぱりねー、歴代の桐生課長のアシスタントさんみんな、まずそれを言うよ。でも端的にものを伝えるのはあの人が頭いいからだろうね。自分は察しがいいから、他の人も同じだと思って話しちゃう。あの人と同じ人なんていないんだけどね」

自分が察しがいいから他の人も同じだと思って話す。時任の分析には穂乃香も納得だった。

「ああ、そういうことなんですね。そんなふうに考えたことはなかったわ」

「ん？」

「そうかー確かに頭いいですよね。うちのトップセールスなんだし。普通じゃないんですよね。聞いてもらってありがとうございます！」

「いや？　なんでも言ってね。無理はしないように。愚痴でもなんでも聞くからさ！」

「助かりました！　そうですよね。私ももっと勉強しなきゃ！」

穂乃香はきゅっと両手を握る。

この部署に配属されて、少しずつでもスキルアップはできているような気もしてきたのだ。

よし、次、次ー、と穂乃香はまた画面に向かう。

穂乃香はなんとか会議のスケジュールを把握し、そこに参加する人数を確認して、資料をプリンターにデータ送信した。

うーん、と大きく伸びをして、穂乃香は廊下の先のリフレッシュルームに向かう。

すると向こうから、外出から戻ってきた桐生がやってくるのが見えた。

(――出た！)

「お……お帰りなさいっ！　サボってないですから！　飲み物買いに来たところですから！」

「何慌ててる？　サボってるなんて思ってないぞ。それに佐伯さん、サボれるような性格じゃないだろ」

さらりと言われて、穂乃香はん？　となった。

確かに真面目な穂乃香は、サボることはできない性格だ。

けれど、そんなことを桐生が把握しているなんて思わなかったから。

「飲み物かー、俺もなんか飲むか。疲れたしな。佐伯さん、何飲む？」

リフレッシュルームの自販機を指差されて、穂乃香は迷った。これは奢ってくれるということなんだろうか？　迷ったけれど、せっかくなのに断るのも申し訳ない。

「カフェオレにします」

「ああ、この甘いやつか」

これとは言っていないけれど、桐生は穂乃香がいつも飲んでいるカフェオレのボタンをぽん、と押してICカードで精算してしまった。

そして、取り出し口から飲み物を出して、ん、と穂乃香に差し出す。穂乃香はそれをありがとうございますと受け取った。

「それ、甘そうだけど、美味いの？」

「私は好きなんですけど」

「俺はこっちにするか、微糖……」

リフレッシュルームの中にあるベンチに、なぜか桐生と穂乃香は並んで座ることになってしまったのだ。そんなことは初めてだった。

「微糖ってどこが微糖なんだか……あま……それってもっと甘いんだよな？　佐伯さんは甘いの好きなのか？」

桐生は思ったことが口から出てしまうタイプなんだと穂乃香は改めて思った。でもなんだか憎めない。

「はい。割と飲み物は甘いのが好きで……、あ、これごちそうさまです。美味しいです」

「ふうん？　佐伯さんはそういうの好きなのか。覚えておく」

穂乃香は、それまで桐生に対してものすごく苦手意識があった。

第一印象は素敵な人かもって思ったら、すごく怖かったし、もしかして蔑《さげす》まれているのかと思うとビクビクしてしまって。

けれど、さっきみたいに穂乃香がサボれるような性格じゃないと言ってくれたりとか、いつも飲んでいるコーヒーの種類を知っているとか、実はそれほど悪い人ではないのかもしれない。

穂乃香はそんなふうに思い始めていた。

（――本当は優しい人なのかな……？）

「さっきの資料、大丈夫だったか？」

「はい。時任さんに教えていただきました」

「ああ、あいつは教えるのもうまいからな。分かりやすかっただろう」

「とても分かりやすかったです」

あ、聞いていいんだ、とすとんと穂乃香は理解した。

別に何も一人でやれとは桐生も言っていないのだから、そうやってチームのメンバーにでも聞きながらやっていいんだと穂乃香は思った。

「私も、もっと勉強しなくてはと思いました。今までは受付業務だけだったので」

「そうか。それだってすごいと思うがな。変な客だっているだろうし。まあ、勉強するのはいいことだな」

桐生が穂乃香のことを少しだけ優しい表情で見てくれた気がした。

スッと立った桐生の後に続く。

その綺麗な後ろ姿に、穂乃香は見とれそうになった。

「ただいま」

お帰りなさい！　と時任が桐生に返している。

穂乃香は先ほどの印刷物をプリンターに取りに行った。

できている資料、早く渡さなきゃね。

（――ん？）

プリンターから出力されている資料がやけに小さい。

「と、時任さーん！」

「どうしたの？」

「なんで、こんなにちっちゃい資料が生み出されてしまったんでしょう⁉」

それを見たチームのメンバーが一斉に噴き出した。

「あー！　それ、最初はみんなやるよね！　Ａ４の冊子にするにはＡ３の用紙を選択しないといけないんだ！　ごめん！　しっかり伝えていなくて」

通常サイズの半分の大きさの資料はなんだか可愛い。

けれど隣の席から舌打ちらしき音が聞こえたような……

「時任！　佐伯！　用紙を無駄にするな。きっちりやれ!!」

「も、申し訳ありません!!」

（――本当は優しいとかどこが!?　怖いってば!!）

◇◇◇

そんなことを思い返しながら、穂乃香は資料を桐生に手渡す。

（でも、あの頃よりスキルアップはしてるから！　確実に！）

「ここの客先は会長も資料を確認するから、もう一部必要だぞ」

「すぐプリントします！　あ、経費申請は完了しています」

「ああ、サンキュ。助かる」

噛み合ってくれば、少しずつ仕事も楽しくなってきた穂乃香だ。

「あと、新しい通達を印刷してありますので確認しておいてください。メールも重要なものは印刷してあります」

「分かった。確認する。……そうだ、会食の店探しを頼みたい」

急に思いついたように桐生は言った。

「はい。ディナーですか？　ランチ？　どんなお店がいいですか？」

「ランチだな。そうだな……例えば、女性が好きそうな店はあるか？」

そんなことを桐生が頼むのは初めてなので、穂乃香はきょとんとしてしまう。

「雰囲気がよければ印象は悪くないと思いますけど、先方はどんなお食事がお好みでしょう？　和食ですか？　フレンチ、イタリアン？」

「よく分からんから、洋食系で見栄えがいい店を見繕っておいてくれ」

それでも、会食の手配などが穂乃香の得意分野だということは認識してくれているようで、任せられることは嬉しかった。

まだまだ事務関連は勉強中なのだけれど。

それでも最近分かったのは、確かに桐生は穂乃香にミスが多いことに呆れてはいるのだが、見捨てはしないということだ。

お前はバカか？　というような表情をされたりもするけれど、間違ったことは言わない。

穂乃香は桐生の専属なので、他の人から仕事を依頼されることはない。しかし、同じ部内の営業アシスタントはいろんな人からいろんな業務を依頼されるので、中にはとんでもない仕事を言いつけてくる人もいて、見ていて大変そうだと思うこともあるからだ。

しかし……女性の好きそうな店？

見栄えがいい店って……

桐生が行くのは日曜日だという。

（デートでしょうか？）

忙しすぎて、彼女とのデートのお店を見繕う暇もないのだろうか？　ありうる。

（でもそんなことまで、アシスタントに頼んじゃうってどうなのかしら？）

桐生の彼女はどんな人なのだろうか……

きっとものすごーく美人できりきりって仕事もできて、洋食系好き？

（どなたか存じませんけど、女子が好むお店を選ばせたら右に出るものはいませんから！　素敵なお店をお探ししますねっ！）

穂乃香は張り切ってネットの検索を開始した。

結局三軒ほどの店を見繕って、そのデータを桐生のメールに転送しておいた。

『お日にちが決まったわよ』

◇◇◇

そう叔母から電話があった時は、穂乃香は一瞬何のことかと思ったくらいだった。

最近、仕事も割と順調なので忘れていたのだ。

勢いでお見合いを頼んだことを。


「あ、えーと……」

『穂乃香ちゃん、いまさらお断りはできないわよ』

(ですよねー)

「大丈夫です。ちゃんと、お会いしますから」

確かにここまで進んでしまっては、会うのをやめる、というわけにはいかないだろう。

受話器の向こうからはため息とともに、叔母の声が聞こえてきた。

『穂乃香ちゃん、乗り気ではないかもしれないけれど、お相手はエリートの方なのよ？

お忙しい時間を穂乃香ちゃんのために割《さ》いてくださったんだから、そこは理解してちょうだいね？』

「はい。ありがとうございます」

とっさに相手に丁寧に対応してしまうのは、もう身についた癖のようになっているものだ。

それに自分からお願いしますと言っておいて、確かにいまさら行かないという選択肢はないだろう。

当日断ればいいのだ。仕事が楽しいからと言って。

◇◇◇

そうしてやってきたお見合い当日である。

驚くほどに澄んだ青空が広がる良い天気だった。

本当なら家でのんびりしたり、近くのカフェでゆっくりお茶でも飲みながら雑誌を読んだりしたい。

けれど、今日はお見合いなのだ。

そんなわけにもいかない。

叔母は大袈裟にしないで、という穂乃香のお願いは聞いてくれたようで、最初のご挨拶だけは一緒に行くけれど、すぐにお暇《いとま》するから、と言っていた。

先日電話があった時のことだ。

『お相手の方も仰々しいのは嫌だとおっしゃるから、今回はホテルのレストランを先方で予約してくださったの。お着物でなくていいわ』

着物でなくていい、と言われて穂乃香はホッとする。

『穂乃香ちゃんのお着物、可愛いからぜひ見ていただきたいけれどねぇ』

「いえいえ、それはまたの機会に……」

穂乃香の気のない感じが伝わってしまったのか、電話の向こうの叔母の声が低くなる。

『穂乃香ちゃん、お断りするつもりじゃないでしょうね？』

（はうっ！　つい本音が！）

「いいえ、そんなつもりはありませんから」

慌ててそう言って、穂乃香は電話を切った。

気が重いけれど仕方ない。

ここで穂乃香が断れば、叔母が母にキツく当たることは目に見えているからだ。

穂乃香はため息をついて、叔母から伝えられた場所と時刻を、再度確認した。

当日、つい念入りに準備してしまうのは、もう性格なのだとしか思えない。ナチュラルで肌が綺麗に見える派手ではないメイク、髪もしっかりとツヤが出るように丁寧にセットして、ワンピースは清楚なベージュを選択した。

きっと清楚なお嬢さん、という印象に仕上がっているはずだ。叔母が用意してくれたタクシーで一緒にホテルに向かう。

その間も「今日いらっしゃるのは本当に素敵な人だから」とかそんな話を延々と聞かされていたのだ。

そして、目の前にいる人物に、穂乃香は言葉を失くしていた。

それはその人物のほうも同様だ。

穂乃香の目の前にいたのは、スーツの似合う、涼し気な目元の眉目秀麗な……毎日見ている上司である。

華やかな艶のある素材のスーツは普段会社に着てくるものとはまた違うが、そんな姿も素敵なのは間違いない。

しかしお互いの紹介を痒くなるような思いで聞いていたのはおそらくお互い様のはずだ。

「穂乃香ちゃん、桐生さんはね、大学をとっても優秀な成績で卒業された後に大きな会社に入社されて、今も社長さんに期待されているエリートの方なのよ？　お若くして課長さんなんですって！」

（ええ。存じてます。榊原トラストですよね。社長というかＣＥＯですよね。ものすごく期待されているから専属アシスタントが持てるわけですよね。目の前にいますけども）

そして確かにエリートだ。穂乃香の会社のトップクラスの営業マンである。

「本当にご立派なご経歴よね？」

（あのー、社名は確認してないの？）

叔母には本当にこういうところがある。

そして、向かいに座った女性も口を開く。

「聡志、穂乃香さんはね、こちらにいらっしゃる私のお華のお友達の姪御さんで、大きな会社で受付業務をされていらっしゃった方なんですって。可愛らしい方よね？　とっても清楚だし。受付なんてやりたくてもできるお仕事じゃないですものねぇ？　本当に素晴らしいわ」

（今は受付ではないんですよー。そのお隣にいらっしゃる方のアシスタントなんですよー）

そして、清楚でも、おっちょこちょいなのはバレている。

「そうですね」

目の前の桐生は微妙な顔をしていた。普段会社にいる時には見せたことがないような顔だ。

「聡志、愛想がないわよ。穂乃香さん、ごめんなさいね？　本当に愛想のない子で。でもいい子なのよ？」

さすがのエリート営業マンも母親にかかっては形無しだ。

愛想のない子扱いである。穂乃香は笑いそうになった。それをひやりとした瞳で見られて慌てて真面目な顔を取り繕う。

「穂乃香ちゃんも入社した時は受付だったんだけれど、今は優秀な方の専属秘書？　か何かしているのよね？」

「いえ……アシスタントです」

叔母の適当さ加減に、穂乃香は言葉も少なくなってくる。頼むから盛らないでほしい。

おほほほ～とおば様たちは不思議な盛り上がりを見せていた。

（あの……もういいから早く帰ってくれないかな？）

「お母さん、そろそろ……」

さすがにいたたまれなくなったのか、桐生がそうっと促す。

やはり血の繋がりは隠せないということか、桐生の母はとても綺麗でサバサバとした人だった。

「あら、そうね？　気づかなくてごめんなさいね？　じゃあ、あとはお二人でごゆっくり～」

二人が立ち去っていくのを見て、桐生と穂乃香は深くため息をついた。


「お見合い？」

桐生に聞かれて穂乃香はうつむく。

「は……い」

「なんでまた……」

そう言う桐生は呆れているように見えた。

一瞬無言になったけれど、この際だから言ってしまおうと、決意して穂乃香は顔を上げた。

もう、どうせこんなお見合いはお断りされるのだろうし、構わない。

穂乃香は目の前の桐生をまっすぐ見つめる。こんなふうに正面から見たことはないかもしれない。

桐生も驚いたような顔をしていた。そんな顔ですらイケメンなのはどうなのだろうか。

「結婚しようって思ったんです。……仕事に向いていないから」

「え？　いや、佐伯さんは頑張っているだろう」

「そんなふうに思ってないくせにっ」

　仕事中にはそんな言葉は絶対に使わないけれど、今は正直に言うと決めた穂乃香である。桐生は動揺したように見えた。

「思ってるよ！　なんで、そう思うんだ⁉」

「だって、私なんて何にもできないし！　桐生課長だってそう思っていらっしゃるんでしょう？　使えない奴だって。だから、もう結婚して辞めようって……」

「ちょっと待て！　そんなふうには思っていないぞ」

「無理しなくていいです」

「そんなつもりは……」

　微妙な雰囲気に、穂乃香は水を飲もうと背の高いグラスに手を伸ばす。

　けれどやはり動揺していたのかもしれない。手が引っかかって、水で満たされたグラスを倒してしまったのだ。

「あっ……」

「おい。大丈夫か？」

　動揺していたうえに、グラスを倒して水をこぼしてしまって、穂乃香はもう泣きそうで身動きできなかった。

そんな穂乃香をよそに、桐生はさっと席を立って、おしぼりで穂乃香の濡れた服を拭いてくれる。いつもは堂々とした人なのに、穂乃香の足元に跪《ひざまず》いていることに動揺して言葉も出ない。

「大丈夫か？　グラスが割れたりしなくてよかったな」

桐生はレストランの人にも乾いたタオルを頼んだりしていた。

プライベートでもリーダーシップは発揮されるうえに、普段の仕事中にはない優しい言葉に、穂乃香はますますどうすればいいのか戸惑う。

「水だからシミにはならないと思うが……。これでは帰れないだろう。乾かしたほうがいいな。部屋を取ろう。少し待っていてくれ」

その判断力でいつも仕事をしていることは、穂乃香が誰よりもよく分かっている。

桐生はテキパキと客室の手配をし、チェックインした後、部屋まで案内してくれた。

「服はタオルドライして部屋の中に干しておけば、すぐ乾くと思う。それまでは申し訳ないが、バスローブかなにか着ていてくれ。ああ、食事はこっちに持ってきてもらうよう手配したから」

「はい」

桐生からバスローブを受け取って、穂乃香はバスルームで着替える。

ワンピースを脱いだら、ブラジャーにまで水が沁みていたので、やむなくブラも外した。

そうして急に落ち込んでしまう。

普段会社でも迷惑をかけているのに、桐生と穂乃香が同僚であることにも気づかず叔母がお見合いをセッティングしてしまうし、穂乃香はグラスを倒して、こんなふうに部屋まで取ってもらうことまでさせてしまった。

それに、上司の前でよりにもよってバスローブ姿！

恥ずかしすぎる。もう人生でこれ以上の恥を晒すことはないような気がするくらいだ。

穂乃香は意を決してカチャ……とバスルームのドアを開ける。桐生は大きな窓から腕を組んで外を見ていた。

すらりとしていて、けれど大きな背中。

ジャケットは脱いで掛けていたけれど、ベストは着たままのその姿は、会社にいる時の桐生のようだ。

けれどそれなのに、まとう空気はどこか会社にいる時よりも柔らかい。

いつもは近寄り難いくらいの、硬質な空気をまとっているから。

バスルームのドアの開いた音で振り返った桐生は、穂乃香を見て一瞬目を見開く。

「あ、の……お見苦しくて、すみません……」

「ん？」

バスルームから離れがたい。というか桐生の側に行きづらい。

あんなに見とれるほど綺麗な桐生の前なのに、自分はバスローブ姿なんて。

「見苦しい？」

「その……こんなバスローブとか……」

「セクシーだよ」

言う桐生の目が笑っていた。

からかわれている。

「座って」

窓際にはテーブルと一人がけの椅子が二脚、向かい合って置いてある。

穂乃香はそこに座った。

「俺は、その……言葉がキツくて悪い。特に仕事中はキツいと思う」

気まずそうに桐生は言葉を続ける。

「いえ、でもそれは桐生課長が真剣にお仕事されているからだって、分かっています」

穂乃香はぎゅっと拳を握った。

「分かっているからこそ、私ではお役に立てないから申し訳ないって思うんです。それに桐生課長、私のことバカだって思っていますよね？」

「さっきも言ったが、そんなふうに思ったことはないぞ。一生懸命努力しているし、佐伯さんは見ていて和む」

（和む……？）

「一生懸命さが多少の失敗をカバーする可愛らしさがある、というか」

ピンポーンと部屋のインターフォンが鳴って、穂乃香が立とうとすると、桐生が手のひらを穂乃香に向けてそれを制した。

「いいから、君は座っていて」

すとん、と穂乃香はソファに座る。

インターフォンはルームサービスで、桐生が部屋に運んでもらったものだった。

目の前のテーブルに料理が並べられるのを見るともなく見ながら、急にホテルの部屋に二人きりだというこの状況に、穂乃香はどきどきしてきてしまった。

（しかも……桐生課長、会社にいる時と雰囲気が全然、全然違うんですけど!!）

会社にいる時のように叱られることもない。きっと、付き合っている彼女には、こうして優しいのだろう。

桐生はさらに、ルームサービスでワインまで頼んでいた。

「もう、飲んでしまわないか？」

ワイングラスを穂乃香に掲げて見せて桐生は苦笑している。

お見合いならば、アルコールは本来ナシだと穂乃香も分かっている。

けれど確かにもうこれは、飲みでもしなければお互いやっていられない状況なのも間違いはない。

「ですね」

穂乃香も微笑んで同意した。

「ワインは適当に選んでしまったんだが大丈夫か？」

「そんなにこだわりはありませんから」

プライベートの桐生の優しさを意外に感じながら、穂乃香は答えた。


ワインを注いでもらって、桐生が客室係にもういいよ、と告げる。客室係は頭を下げて出ていき、部屋の中でまた二人きりになってしまった。それでも穂乃香はもう最初のような居心地の悪さは感じていなかった。

乾杯して軽くグラスを重ね、お互いワインに口をつける。

ふわりと鼻から抜ける芳醇な香りに、高いワインなのかも、と穂乃香は感じる。

「桐生課長は……」

ワインを飲んだことですこし和らいだ雰囲気になり、食事をしようとお互いナイフとフォークを手にとった。

「……なんでお見合いなんて、される気になったんですか？」

桐生が息を呑むような気配がして、沈黙が訪れた。

桐生は少し動揺しているように見える。

（――まさかね）

「……適齢期かなって思ったんだがな」

気を取り直して、桐生は当たり障りのない言い訳を口にする。

「だって、トラストのトップセールスですよね？　選《よ》り取りみどりじゃないんですか？」

はあ……と軽いため息が桐生から漏れ聞こえてきた。ため息をつく姿すらスマートなのもどうなんだろうか。

「俺にそんな時間あると思うか？」

実際、その通りだ。

桐生の会社でのスケジュールは、ほぼ分刻みである。

「あ、まあ、そうですよねぇ」

「佐伯さんこそ、そんなに綺麗なんだし、受付していたわけだから、モテるだろう？」

「そうですね……」

「否定はしないんだな」

「受付ですって言うと目の色が変わるんです。制服好きの変な人には『制服着てほしい』とか言われるし」

桐生はくすくす笑っている。

「ま、分からなくもない」

「桐生課長、制服好きなんですか!?」

まさかお前もか!? という表情でつい見てしまう穂乃香だ。

「そういうことではなくて、制服ってストイックさを感じるだろう。だから性癖がなくても惹かれるのは分かるってこと。女性だって制服にはどきどきするんじゃないのか?」

確かにその通りかも。否定はしない。

「それに佐伯さんは本当に綺麗だから、見てみたいと思う気持ちも分からなくはない」

「桐生課長だって観賞用って言われてますよ!」

「それは皮肉も込めてじゃないか?」

「そうなのかしら?」

穂乃香は首を傾げる。

「佐伯さんはどう思うんだ? 観賞用?」

どう思うのか、そう聞かれて穂乃香は考えてみる。

怖い人かと思っていたけど、今こうしてここにいる桐生はスマートで優しくて、最初の印象よりも魅力的だと思う。

そんなふうに意識したら、急に顔が熱くなってきてしまった。

その素敵な人の前で、くどいようだが、バスローブ姿の自分。

「顔、赤くないか？」

「だって、私……課長のこと、素敵だって思います。なのに、すっごくいろいろドジってしまって……しかも桐生課長はそんなに素敵なスーツ姿なのに私はバスローブなんですよっ!?」

「そうだな。目のやり場に困るくらいのな。……もう、今日は思ってもないことが起きすぎたな。お互い腹を割って話そう」

「はい」

穂乃香には先ほどからその覚悟はできていた。きりっと桐生を見つめる。

「……で？　どうする？　仕事を辞めて結婚するか？」

「え!?」

「俺はそれでもいいけど」

桐生が目を細めて微笑むので、穂乃香は顔を赤くしてうつむくしかできなくなってしまった。

（――このスマートさが素敵すぎるんだけど、どうしたらいいの!?）

「さっきの……モテても、相手にはしていないんだろう？」

こくりと穂乃香は頷く。

「そうか。では今はそういう相手はいない、という認識で間違いはないんだな？」

「ええ」

「分かった」

何を分かったのだろうか……？


桐生は立ち上がり、そっと腰を折り、うつむく穂乃香の顎に手を触れる。そうして、顔を持ち上げた。

穂乃香は端正な桐生の顔を間近で見て、鼓動が大きくなるのを感じる。

「桐生……課長っ」

「違うだろう？　聡志、だよな？」

穂乃香の顔がとんでもなく熱い。絶対真っ赤だ。

それは穂乃香に桐生のことを名前で呼べ、ということで——それに、違うだろう？と首を傾げる桐生は、見たこともないくらいに壮絶な色香を放っている。

（それに、声っ……。なんかやらしいっ……）

低くて、甘い。

桐生がソファの背に手をつく。まるで何かのスイッチが入ってしまったかのようだ。壁ドンに近いその距離に、穂乃香は激しくなる鼓動を抑えることはできなかった。

「穂乃香……」

（きゃぁぁぁぁぁ！　近いよ！　やっぱりむっちゃイケメンだしなんなのっ？　こんな桐生課長見たことない！　どうしよう!?　色気が……フェロモンがやばすぎるんですけど！）

確かに桐生は顔もスタイルも穂乃香の好みどストライクだった。

会社では呆れたような表情や、冷めた口調ばかりで、穂乃香のことなど嫌いなのだと思っていたのに。

「穂乃香」と名前を呼ばれて初めて分かった。この人に名前を呼んでほしい。

もっともっと、呼んでほしい。

――「穂乃香」って、甘い声で呼んでほしい！

「あ……聡志、さん……」

甘えたような声が漏れてしまった。

けれどそんな穂乃香にも桐生は低く笑って「ん？」と甘い声で返事してくれて、緩く唇を重ねられた。

さらりとした唇の感触が心地いい。柔らかく唇を食《は》まれて、その顔が離れた時、穂乃香はつい唇で追ってしまった。

ちゅ……という音が聞こえて穂乃香は恥ずかしくなってしまったのだけれど、桐生は嬉しそうに笑ったのだ。

「穂乃香、可愛すぎ」

そんなふうに言われて抱き上げられたら、抵抗なんてできるわけがない。むしろするつもりもなくなってしまうというか。軽々抱き上げられたら胸がきゅんとするというか。

抱き上げられて連れていかれた先がベッドルームでも。


桐生は穂乃香をそっとベッドに置いてくれた。

「いやなら、今言って」

そう言った桐生の表情は真摯で、きっと穂乃香が嫌だと言ったらやめてくれるのだろう。

けれど穂乃香は首を横に振ってきゅうっと桐生に抱きついた。

だって今日は正直になるって決めたもの。

「やじゃない……です」

桐生の大きい手のひらと、長くて綺麗な指。

仕事中にもたまに見とれてしまうことがあったその手が、穂乃香の肌に触れている。

すらりとした指が、首筋から胸元にかけてゆっくりと撫でていく。その指先がバスローブの合わせ目につっ……と引っかかった。

それだけで穂乃香はどきんとしてしまう。

その指を動かしたら、胸が見えてしまうから。

「普段、穂乃香は胸元が見える服なんて着ないからな。スタイルいいんだな」

「恥ずかし……」

「綺麗だって。もっと見せて」

シュルッと音をさせてバスローブの紐を解《ほど》かれる。ブラジャーはさっき外したので、ふるっと胸がバスローブからこぼれてしまう。思わず穂乃香は胸元を手で隠した。

指を絡められ、その両手をベッドに縫いつけられる。

「隠すなよ。綺麗なんだから、見せろって言ったよな？」

低く耳元で囁く声にとろけそうだ。

桐生の端正な顔立ちの中でもいちばん好みなのは、その切れ長な目だ。次に好きなのがやや薄めの唇で、今その唇がゆっくりと穂乃香の耳元から首筋をたどっていく。

「もっと、触れたい。穂乃香」

「あ……」

少し強引に胸元から外された手を、頭の上で片手で緩く押さえられる。恥ずかしいのに、その恥ずかしさにさえ穂乃香は感じてしまうのだ。

「どこが気持ちいい？　耳は？　首とか？」

聞かれて、耳元に熱い吐息がかかる。

それだけでも、穂乃香は身体の真ん中が熱くなり、びくびくしてしまうのを感じた。

「感じやすくて可愛いな」

すうっと鎖骨から胸元にかけて撫でられるだけで、身体がぴくん、と揺れてしまうのだ。

「びくっとしたな。感じた？　まだ、肝心なところにはどこも触れていないのに？　これだけで？」

ちょっといじわるっぽい囁きにまで背中がぞくんっとするのを穂乃香は感じる。

「っあ……」

もう耳元で囁かれるそのやらしい声と、肌を撫でる手のひらだけで、おかしくなりそう……

「聡志さん、私だけ、いや。お願い、聡志さんも……」

さっきから、穂乃香はバスローブをめくられてしまったりしているのに、桐生は胸元一つ緩んでいないのだ。

「ん。いいよ？」

桐生のその声に穂乃香は胸がきゅん、とした。

――いいよ？　そんなに甘い声と言葉、仕事中に聞いたことがない。

（しかも、片手でネクタイを解《ほど》くその仕草ヤバいですっ！）

「なんて目で見てるの。すごく可愛いな。プライベートの穂乃香はこんなに可愛いんだ……」

（その言葉、そっくりそのままお返ししたい……）

シュッと音をさせて首からネクタイを外してシャツを脱ぐ仕草。肌着のTシャツを脱ぐために両腕を交差して上げた時には、もう穂乃香はその色香と「脱いだら凄いんです」という言葉そのものの身体に目が釘づけになってしまっていた。

（――そんなの隠し持ってるなんて、ズルいですー!!）

適度についた胸筋と綺麗に引き締まった腹筋。特に肋骨から腰までのラインが穂乃香の好みぴったりで余分な肉がないのがたまらない。

しかも、穂乃香の肌にそっと触れる桐生の指は本当に思ったよりもずっとずっと優しくて、気持ちよすぎるのだ。

どうしたって、どこに触れられたって、甘くて熱い吐息が漏れてしまうのを我慢できない。

それをまた、桐生が『感じやすい』とか『可愛い』とか言うから、それだけで身体の中心がじゅん、とする。

その感覚に耐えられなくて、つい、太ももを擦り合わせてしまうと、目敏《めざと》くそれを桐生に見られていて、嬉しそうに彼の口角がきゅっと上がる。

「気持ちいいの？」

「や……、恥ずかし……い」

いつもなら『効率を考えられない奴は無能だと思う』とか、『バカには付き合っていられない』とか、穂乃香に向けたものではないにしても、暴言ギリギリの言葉を放つことも多い桐生だ。

その声が甘やかすような色を帯び、穂乃香の耳をくすぐって、とろけそうな気持ちにさせる。

「恥ずかしいけど、いやではないんだな？」

触れられるだけで背中がベッドから浮いてしまうくらい気持ちいい、なんて穂乃香は経験したことがない。

それに桐生は優しいのか焦らしているのか、さっきからふんわりと優しく触れてくれるけれど、肝心なところには触れてくれない。

バスローブの前を開かれている穂乃香には、自分の胸が桐生に触れられて緩く形を変えるのが目に入る。

そして、薔薇色のその先端が期待に震えているのも。

「どうされたい？」

低い声でそう言って、ふっ、と笑う桐生はひどく楽しそうで、そのうえ艶めいている。

「そんなの、言えない……」

「言わせたい。恥ずかしそうな穂乃香が恥ずかしいことを言っているのを、俺は聞きたい」

桐生の指が穂乃香の胸の上をすーっとなぞっていくのを、穂乃香は見ていた。というか目が離せなかった。

指は先端には触れず、その周りを焦らすように触れて穂乃香の首元にたどりつく。背中から身体の真ん中にかけてがぞくんとした。

長い指に首と顎と口元を同時にそっとくすぐられる。

桐生も普段とは違うけれど、こんなふうに触れられて、つい身をよじらせてしまう穂乃香の姿だって桐生は初めて見たはずだ。

「ん？」

そんな穂乃香の姿を目にして、見たこともないような笑顔で、桐生は上から穂乃香の顔を覗き込んでくるのだ。

穂乃香は頭がくらくらとしてしまった。

（どうしよう！　この人ドSだ……っ）

顔も身体も声も、そして穂乃香との肌の相性もとんでもなく良い相手が、さらに穂乃香の性癖ど真ん中なのだ。

——どうしたらいいの？　好みすぎる。


穂乃香が最初にお付き合いというものをしたのは大学の時だ。十二歳年上の社会人の彼だった。

恋愛もセックスも初めてだった穂乃香に、彼は丁寧に一つずつ教えてくれたのだ。

寝室でのことは、ことさらに丁寧に。

まっさらで、素直な穂乃香は良い生徒だった。

溺れるように愛されている、とそう思っていたのだけれど、それは唐突に終わりを迎えたのだ。彼の海外への転勤によって。

『君は、まだ若いから大丈夫。立ち直れるよ』

本当は転勤を知らされた時、一緒に行こうと言ってくれるかと思った。

けれど、彼の口から出た言葉は『終わりにしようか……』だった。

他人事のようにそう言われて、泣いて縋《すが》っても、この人はきっと振り向かないと察した。

穂乃香がどれほど泣いても取り乱しても、いつも彼は冷静で落ち着いていて、気持ちを乱すことなどなかったから。

彼が決めたことなのだから、それは決定事項なのだ。

その彼は普段は優しい人だけれど、寝室では少し強引で、しかもどうやらとても上手な人であったらしい。

それに気づいたのは、穂乃香が失恋したと聞いて群がる男子の中で、とても感じが良くてお付き合いをはじめた人とコトに至った時だ。

同じ大学のその彼に、気づいたらベッドに押し倒されて、一応愛撫はしてくれたけれど、穂乃香はあまりその人とのセックスでは感じることができなかった。「だから」と言ってはその元カレに悪いのだけれど、だから分かったのだ。

（あの人エッチがすっごくうまかったんだわ）

一方で、彼は憧れの女性であった穂乃香とそういうことになり、とても興奮していたし『すごくよかった……』とその後もしたがった。

（けれど、ちがうのよねぇ……）

いい人だとは思う。デートしていても楽しい。けれどいざ！　となると違う、と思うのだ。

気持ちよくない。

気づかってくれているのは分かるのだけれど……

そのうちにそういうことの回数が減って、何となくお互い気まずくなって、距離を置くようになって、そうして穂乃香も彼も就職して何となく忙しくなって、自然消滅した。

それから穂乃香には正式にお付き合いした人はいない。


ただ、その時に穂乃香には分かったことがあった。

――私、もしかしてちょっぴりMっ気があるのかも⁉

それはもちろん、痛いこととかされたいわけではない。

そうではなくて、少し強引にされたり、エッチなことを言わされたり、言葉で責められることに反応してしまうようだと気づいたからだ。

「どうされたい？」

強引でちょっといじわるなそのセリフ。

この桐生の行動は、穂乃香にとっては性癖のど真ん中だった。

どうされたいか、なんて決まっている。

間近でその整った顔が楽しそうに穂乃香を見ていて、しかもわざと焦らすように触れているのだ。

「ほら、言ってみな？　触ってって。それとも……舐めてやろうか？」

（いやっ！　桐生課長ってばエッチすぎる）

――どきどきしすぎて気を失いそう……

上目遣いでくすくす笑って、桐生は穂乃香の胸元に顔を近づけた。

好みすぎる顔と好みすぎる身体、好みすぎる責め方。

鼓動があまりにも大きくて、そんなに近くにいたら桐生にまでそのどきどきという音が聞こえてしまうのではないかと、穂乃香は心配になったくらいだ。

「っふ……」

つい、漏れてしまった声に桐生が嬉しそうに笑う。それを見て穂乃香は今度は胸がきゅんとした。

（ヤバい……）

好みがもう一つ増えた。笑い方まで、好みすぎる。

「ん？　穂乃香？」

「んっ、あ、お願いっもう……」

「言ってごらん？　してあげる」

桐生は穂乃香の胸を両手で持って、きゅっと寄せる。そこにできた谷間に下から緩く舌をすべらせた。

「どうされたい？　穂乃香？」

焦らされすぎて、もう頭がおかしくなりそうだ。

「あ、お願い……もう、や……だめ、してください。舐めてほしっ……」

「よくできたね」

かぷりと先端を口に含まれて、その中で丹念に愛撫される。

「や、やぁぁんっ……」

待ちわびた唇をその尖《とが》った乳嘴《にゅうし》に受ける。穂乃香の全身に、ぞくぞくと電流のような快感が走り抜けた。

「感じすぎ」

あまりにも気持ちよすぎて、目元が潤んでしまって、泣きそうだ。

「いや？　いやなら、やめる」

「や。やめないで？」

「素直でいい子」

褒められるとすごく嬉しい。可愛いとか感じやすいとか、ちょっぴりSっぽいその言動が相まっておかしくなりそうなくらい気持ちいい。

胸ってこんなに気持ちよかったのだろうか？　指先で軽く撫でられても、きゅっとつままれても、先端を緩く何度も舌先で舐められても、全部の愛撫に反応してしまって下腹部がきゅんとなる。

まだショーツは穿いたままだけれど、その中はきっとトロトロになってしまっているはずだ。

その穂乃香の様子に気づいたように、桐生は手をするりと脚の間に滑らせる。そのぬるっと濡れた感触に穂乃香は甘い声が漏れてしまった。

「すごく濡れてる。感じやすくて、可愛い」

「や……」

耳元での言葉責めは羞恥心を煽《あお》られて、より感じてしまう。

緩く撫でられているだけなのに、蜜がどんどんと溢れてくることに穂乃香はひどく戸惑う。桐生は下着の上から触れているだけなのに、ぷっくりと膨れてしまっている芽や、挿れてほしくてたまらない狭間に的確に触れてくるのだ。

下着を脱がせてほしい。

そんな穂乃香の様子も桐生は察したようだ。

「中が濡れて気持ち悪いだろ。脱がせてやろうか？」

こくこくっと穂乃香は頷いた。

ショーツが桐生の手で外されていく。あらぬ場所が熱い気がした。じっとその部分を桐生が見ているからだ。

「穂乃香、こんなにぐちゃぐちゃにしちゃって、エッチだな」

「……んっ、だって、聡志さんがエッチな触り方、するから……」

「ふぅん？　俺のせいなの？」

穂乃香はこくん、と頷く。

「違うよな？　俺のせいだけじゃないよな。穂乃香が敏感で、エッチな子だからだろう？」

そんな囁きに穂乃香は身体を震わせた。

「ちゃんと言えたらしてほしいこと全部してやるよ？　さっき、舐めてって言えたから
ちゃんと言えるよな？」

桐生は穂乃香の両脚を持って開かせる。

すごく見られてる。

ずっと気持ちよくされて、でも直接は触れられていなくて、触れられたくて、しとど
に濡れてこぼれてしまっているそこをじっと見つめられている。

「穂乃香？　どうされたい？」

「っあ……して？」

「なにを？」

そう聞きながらも、指で茱萸《ぐみ》の実のように熟れているそこに優しく触れる。

穂乃香は、腰が自然に緩くうねってしまうのをもう止めることができなかった。

(我慢できないよぅ……。もっと、されたい。もっと欲しい)

なのに桐生は、穂乃香の内ももをそっと指で撫でていくだけなのだ。

「ん……っ」

その指の動きをたどるように、内ももに桐生の顔がうずめられて、穂乃香の際どいところをその唇がなぞる。

恥ずかしくて、気持ちよすぎて、穂乃香の脚が自然と閉じてしまった。

閉じようとするその膝を、桐生は手で押さえる。

「閉じちゃダメだろ?」

その後は、「我慢できないっ……」と言う穂乃香の濡れているところに硬くなったものを当てて緩く擦ったり、そんなことをしていたらさらに中から溢れてきて、くちゅくちゅと濡れた音を響かせるのに「誰がこんなエッチな音をさせているの?」と尋ねられたり、中に入れた瞬間イったら、「誰がイっていいって言ったの?」と言われたりして、もうそれはそれは思い切り好きにされてしまった。

(——っき、気持ちよすぎる……!)

それは穂乃香だけではなくて二人に共通する心の声だったかもしれない。

ホテルの前で、穂乃香と桐生は向かい合ってたたずんでいた。

「え……と、佐伯」

「はい」

こんなふうに言い淀む桐生を穂乃香は見たことがない。

「また……会えるか？　その、二人で」

（二人で……）

その言葉を噛みしめて、穂乃香は顔が赤くなるのを感じる。

桐生課長って、オンとオフではいろいろギャップがあって、素敵すぎる。

仕事をバリバリしている桐生もカッコいいと思うのだが、エッチの時にすごく意地悪な桐生とかこんなふうに照れてしまう桐生とか――

こっちのが好き。

穂乃香はそう思った。

だから、こくんと頷く。

「よかった」

何がだろう。また二人で会えることが？

それとも今日のアレが？

うつむく穂乃香の視界に桐生の手が目に入った。そっと穂乃香の頬に触れる。

「また、明日……な」

「はい」

穂乃香は桐生に笑顔を向ける。

それは今までのように鏡の前で研究しつくしたものではなくて、自然と浮かんでしまった心からの笑顔だった。


では……、とホテルの前で別れて、ふと穂乃香は気づく。

あれ？　そういえば今日はよくよく考えたら、お見合いではなかっただろうか。

どうなるのだろうか？

しかし、話を進めようと言われたわけではない。

『また……会えるか？』……それはどういう意味なのだろう。

あの流れだと、「セックスしたいから会いたい」と言われたように感じる。

（えーと、お見合いに来てセフレを作ってしまった、ということなのかしら？）

お見合いに関してはきっと桐生も断るつもりだったのだろうと思う。だからお見合いはお断りされた、と言って終わったことにしよう。

単に身体だけの関係となると、桐生との関係が終わった時に叔母にまた面倒くさいことを言われそうだ。

であれば最初から断られたことにすればいい。

それに……桐生とは良すぎた。

また二人で会ってこうなるのは、悪くないと穂乃香は思ったのだ。

◇◇◇

いつものように綺麗な姿勢で歩いていく穂乃香を見送って、桐生はホテルの入り口からタクシーに乗った。自宅マンションまでの行き先を運転手に告げつつ、つい口元が緩んでいることには気づいていなかった。

移り変わる車窓からの風景を見ながら、穂乃香のことを考える。

このお見合いから少し前のことだ。出先でメールを確認する桐生は感心した。

穂乃香のメールは的確で簡潔にまとめられていて、桐生が知りたいことが確実に分かるように表現されている。着実に成長しているのが見て取れた。

穂乃香は非常に熱意のある、優秀なアシスタントだった。

最初、受付からアシスタントに異動させるという話を聞いた時は、大丈夫だろうかと思ったものだ。

案の定、事務には慣れていないようだった。しかし穂乃香は仕事ができないわけではない。今まで受付業務中心で社内業務に携わっていないのだから、いろんなことが分からなくても当然だ。むしろ、教えたことに対しては驚くほど飲み込みが早い。

基本的には一度言ったことは間違わないし、指摘したことは素直に直す。

たまに起こるミスは、まあ、確かに本来あってはいけないけれど、それでも可愛いものだと思える。

最初は苦手だったデータ解析も、最近は少しずつできるようになってきている。

合わせて察する能力が高いのか、これが欲しいなと思った時にはさっと横から差し出されることもあり、驚く。

それに加えて、その美貌だ。

本当は営業先に連れて回ろうかとも思ったのだが、あまりにも綺麗すぎてそれは差し控えることにした。

受付の華だっただけのことはあり、いつ見ても周りが見とれるくらい綺麗だ。

営業アシスタントの中には、内務だからと身を構わないような人物もいる中、穂乃香は今の課内の華であることは間違いがなかった。

さらりとした髪は天使の輪というのか、いつもツヤがあって首を傾げるとさらさらと流れる。

こぼれそうに大きくて黒目がちな目は、まるでお人形のようだ。

目元も優しくて愛嬌があって好ましい。

唇は小さくて、業務中真剣になっているとたまにきゅうっと結ばれている。そんな姿を見ると、桐生はつい笑ってしまう。

ああ、夢中で業務しているのだな、とはたから見ていても分かるからだ。

そんな彼女がアシスタントとしてべったり……でもないけれど、常に隣で仕事をしている状況が羨ましいという部員の妬みも分からなくはない。

綺麗で素直で可愛くて頑張り屋で、時に抜けているアシスタントは可愛くて仕方ないからだ。


だからこそ、母からの見合いの話を受けたことは少し後悔しつつあった。

あの時は穂乃香に惹かれることなんてないと思っていたし、もうすでに恋愛を諦めていたから受けてしまったのだ。

『そんなに堅苦しく考えなくていいって、先方もおっしゃっているから』

母に言われて、桐生はとりあえず店だけは予約することにした。それもアシスタントである穂乃香に探してもらってだ。

自身の時間を使う気はなかったし、はなから断る予定の見合いのつもりだった。

だから、渋々行ったお見合いの席に、まさか穂乃香がいるなんてことは考えていなかったのだ。

母のお華の友人だという穂乃香の叔母はそそっかしい人のようで、紹介はされたものの、桐生のことは母親からの噂程度にしか知らなかったようだ。

曖昧で、居心地の悪い紹介の後、母にはさっさと退場してもらうことにした桐生である。

改めて目の前にいるプライベートの穂乃香は、本当に可憐で可愛いと感じた。

柔らかな雰囲気の持ち主で、綺麗ではかなげで……

同じチームの時任が佐伯のことを『純真無垢系ふんわり女子』だ、と言っていたけれど、本当にその通りだと思う。

会社では男性社員からの人気も絶大なのだが、女性社員からも穂乃香は好かれている。柔らかくて優しい雰囲気で、不公平なく接する様子は見ていて好ましいからだろう。

桐生も穂乃香のそういうところは認めていたし、彼女がいてくれることで、自分と周りとの緩衝材のようになっていることにも気づいていた。

けれど、それをハッキリと本人に言ったことはなかった。

お見合いを受けたその理由を穂乃香の口から聞かされて、少なからずショックを受けた桐生である。仕事に向いていないから結婚しようと思ったなんて。

だから、「頑張っている」と言おうと思ったら、思いがけない強さで、『そんなふうに思ってないくせに！』と返された。

即座に反論はしたけれど、忌憚のないやりとりに少し嬉しいような気持ちになったことも間違いなかった。

そう思った矢先、穂乃香は水の入ったグラスを倒してしまったのだ。

手前に向かって引っかけたので自分にかかっているのに、穂乃香は泣きそうな顔で固まっている。

服は桐生が拭いたが、脚の長いグラスだったせいか結構しっかり穂乃香にかかってしまっていて、そのまま帰すのは忍びない感じだ。

幸いまだ食事は出ていないし、桐生は部屋を取ることにした。

そこで服を乾かしつつ、ゆっくり食事をすればいいと思っていたのだ。

しかし、部屋に入って穂乃香がバスルームで着替えている気配を感じたら、妙に落ち着かない気持ちになった。

ジャケットを脱いでハンガーに掛けたのち、ふと思い立ってルームサービスでワインを追加してもらう。銘柄を聞かれたので、料理に合うものを、とリクエストした。このホテルのレストランならばソムリエが合うものを選択してくれるはずだ。

カチャ、とバスルームのドアが開いて、そこからそっと恥ずかし気に出てくる穂乃香にはあらぬ妄想を抱いてしまいそうだ。

まるで本当は二人は付き合っていて、初めてを迎えるかのような。

ひどく恥ずかし気な姿は、桐生の庇護欲を掻き立てる。

「お見苦しくて、すみません……」

「見苦しい？」

どこがだろう。愛くるしくてたまらないのに。

「その……こんなバスローブとか……」

「セクシーだよ」

つい、口をついてそんな言葉が出てしまった。

ふわりと頬を赤くしてうつむく穂乃香の風情はたまらなく、どこまでも甘やかしたくなるとともに、もはや彼女を手放すことなど考えられなくなった。


ルームサービスが届くと二人で向かい合ってワインを飲む。

軽めの口当たりがランチにはちょうどよかった。穂乃香も美味しそうに飲んでいて桐生は安心する。

食事をしながら穂乃香が聞かせてくれた恋愛観は意外なものだった。

これだけ可愛いのだし、受付なんて職業なのだから、さぞかしモテるんだろうと水を向ければ、それは間違いないのだが、「受付である自分を望まれているのではないか」と考えているようなのだ。

そんなことはないと思うが、本人がそんなふうに考えているのならば、恋愛には発展しなかっただろう。

しかも、制服姿をねだられたりもしたらしい。

変態か？　と一瞬思ったが、想像してみると確かに悪くない。

桐生は見たくないかというとそうでもない。どちらかというと見たいかもしれない。

それを自分だけに見せてくれたら確かにちょっと興奮しそうだ。いや、正直に言えばすごく見たいしすごく興奮する。激しく同意したい。男として。

けれど、それを親しくもない間柄で言うのは違うだろう。

だから穂乃香には分からなくもない、くらいの表現で伝えるにとどめておいた。

「桐生課長、制服好きなんですか⁉」

と眉をしかめられたのには閉口したが。

「桐生課長だって観賞用って言われてますよ！」

そんなふうに言われたけれど、穂乃香はたぶん知らないのだ。

見るだけならいいけれど、関わりたくはない。だから観賞用なのだと。うまく皮肉を込めたものだなと桐生も感心している。

むしろ穂乃香がどう思っているのか、それが知りたかった。

それで返ってきた言葉が、頬を真っ赤にしながらの、

「課長のこと、素敵だって思います。なのに、すっごくいろいろドジってしまって……しかも桐生課長はそんなに素敵なスーツ姿なのに、私はバスローブなんですよっ」

だったのだ。

超絶に可愛い。

それにバスローブ姿は「たまらない」でしかない。

腕を動かすと、時折チラッと見える谷間には意外とボリュームがある。

穂乃香は、普段はあまり露出のある服は着ないからなおさらだ。

（ありえないくらい可愛いんだが。こんなに顔を赤くして潤んだ瞳に、なんだその上目遣いは。けしからんな）

それに桐生を呼ぶ時の声なんて、まるでスイーツのように甘い。

穂乃香が目を潤ませて桐生を見ている。

周りがぎゃあぎゃあ騒ぐだけあって、穂乃香は本当にとても綺麗なのだ。

会社にいる時の穂乃香はいつも堅くて、とても緊張している。

ワインのせいもあるのかもしれないが、こんなに甘えるような顔で、とろけそうな顔で見られることはないのだ。

たまらない。

抱きたい。

桐生は穂乃香を抱き上げた。

そうして、ベッドにそっと下ろしたのだ。

「いやなら、今言って」

今ならば、ギリギリやめることができるかもしれないから。それなのに穂乃香は首を横に振ってきゅうっと桐生に抱きついたのである。

「やじゃない……です」

その瞬間、スイッチが入ったことには間違いはない。

顔も綺麗だけれど、佐伯穂乃香はどこもかしこも綺麗なのだ。

首も胸元も……桐生はそっとバスローブの紐を解《ほど》いてその中を開ける。それは衝撃と言ってもいいくらいの美しさだ。

真っ白でキメの細かい肌に、たわわな胸元。

そのくせ華奢なウエストはきゅっとくびれている。そこからの腰に向かってのカーブにはとてつもない色気がある。

「綺麗だな……」

穂乃香は恥ずかしげに手で顔を隠してしまっているけれど、顔は隠れていても身体は隠れていない。

肌に触れるとぴくん、と身体を揺らすのもとても可愛い。

たったこれだけのことで感じてしまっているのだと思うと、愛おしくて仕方なかった。

そっと唇を重ねると、穂乃香は柔らかくそれに応える。

「感じやすいんだな。可愛い……」

「や、そんなことっ……言わないで……」

穂乃香はただでさえ、綺麗な顔なのだ。

なのに、そのとろけたような表情はもうなんなのだろうか。

触れた時の反応まで可愛らしくて、ふわりと顔を赤くして困ったような顔の穂乃香が、桐生を見つめている。そんなところを見たら、誰にも渡したくなくなった。


さらに抱いて気づいた。

すごく相性がいいかもしれない。

言葉で責めても、焦らしても、反応がよすぎて、お互いに煽《あお》られて最後にはかなり際どい発言をしていたはずだが、それにも穂乃香は感じていたようだった。

自分が若干Sっぽい自覚はある。

穂乃香……もしかして、Mか……？

だとすれば、好みであるだけでなくお互いの性癖まで一致していることになる。

それはもはや僥倖《ぎょうこう》ではないだろうか。

桐生はこの見合い話を受けてよかったと心から思っていた。

そもそも見合いを受けたのだし、穂乃香も前向きに考えている、でいいんだよな？

ホテルの前で向かい合っていた時、桐生は穂乃香のその綺麗な顔に見とれていた。

透けるような透明感のある肌と、うつむいた時の目元の長い睫毛が影を作る様子がはかなげで清楚で……本当に先ほどまでのあの乱れた様子はなんだったのだろうか。

——いや、可愛い。

可愛かったけれども。

あまりにも相性が良すぎて溺れそうだと思ったけれども！

『んっ……あ、お願いっ、もう……』

何度となく耳元で囁かれた甘い声を思い出したら、今すぐにでもしたくなるくらいだ。

会社での一生懸命な様子と今日のベッドでのできごとと、そしてこんなふうに外にいる時と、どんな姿も可愛らしくて愛おしい。

そのうえ通りすがりの男にもちらりと見られる穂乃香の目立つ容姿だ。

羨ましげな視線にまで誇らしさを感じる。

(まあ、俺の婚約者になる人だけどな)

なんと言ってもお見合い相手なのだし、あの様子ならば進めてもいいんだろう。

第二章　お見合い相手と性癖が一致しました

「おはようございます」

穂乃香はいつものように、桐生に挨拶をする。

毎朝、桐生は早く出社している。だが、そのことは穂乃香は気にしなくていいと言われていた。

出社してからは、給湯室のコーヒーを桐生のカップに入れて持ってくる。お茶汲みどうの、という話ではなくて、穂乃香も朝飲みたいので、ついでに淹れてくるだけのことだ。

そして何より、実を言えば桐生のコーヒーを飲む時のカップに指が触れるその動きとか、目線を少し伏せてコーヒーを飲むその仕草が見たいだけの穂乃香でもある。

何せ、観賞用としては太鼓判を押されている人なのだ。

「桐生課長、どうぞ」

「ん。サンキュ」

もうすでに仕事を開始している桐生は、書類を確認していたり、外部からのメールの対応や資料の作成を進めていることが多い。

場合によっては客先に直行、ということもある。

とにかく抱えている案件が、この営業部の中でも格段に多いので、その分忙しさも半端ではないのだ。

（確かに、手は足りないわよねぇ……）

穂乃香はつい、そのキリッとした横顔に見とれそうになる。

ペラ……と桐生が書類をめくる指が目に入った。

いつもなら綺麗な指よねと思うくらいだが、今日はあの時、とても繊細に穂乃香の肌に触れた様を思い出してしまって顔が赤くなりそうだ。

（どうしよう。すごく落ち着かないわ）

穂乃香は自分の仕事に目をやって、心を落ち着かせた。

これ以上桐生を見ていたら気持ちが乱れるだけだ。


それにしても、桐生の仕事の仕方については、ほんとうに尊敬してしまう。

手が足りないどころか、よくぞ身体一つでここまで、と感心してしまうくらいだ。

確かにアシスタントが必要なのも分かる。

側にいて穂乃香がすごいと思うのは、これ以上案件なんか抱えられないんじゃないかと思うのに、桐生は依頼があれば一切断らないのだ。

もちろん途中でチームに振ったり、プロジェクトを作って投げてしまうこともあるが、それも全部自分で骨子を組み立てるところまでやる。

桐生がコーヒーを飲みながら仕事を始める横で、穂乃香もパソコンを立ち上げて業務を開始する。

桐生のところにはとんでもない数のメールが来るので、不要なものはフォルダに振り分け、必要なものを桐生に確認してもらうのだ。

他にも社内通達や、社内からの依頼はまず、穂乃香が対応する。

「佐伯さん」

「はい」

「君、同行は可能だったよな？」

桐生の客先に同行できるかどうかについては、早い時期から部長には打診されていた。

それには問題ないと答えたし、いつでも同行できるよう準備は怠っていない。

「はい。大丈夫です」

「例えば客先に行ってもらったり、同行できる先には一緒に行ってもらってもいいか？」

「それはもちろん」

穂乃香がそう言うと、桐生は分厚い資料を穂乃香に渡した。

「これは今うちのチームが関わっている一番大きな案件だ。都市開発絡みで、大きいビルを建てる予定なんだ。確認しておいてくれ。分からないところは今度説明する」

「はい」

桐生はカバンを手にした。

「じゃあ、行ってくる」

「はい。行ってらっしゃい」

そんな穂乃香に、行ってくるという桐生に、穂乃香はにこっと笑う。

「ん……」と桐生も笑顔を返した。

一瞬だけ目線が絡まる。

穂乃香はそれに笑みで返した。

桐生が外出した後に、時任が穂乃香の向かいの席で感心したような声を漏らしていた。

「桐生課長があんなにご機嫌でお仕事されているところ、初めて見ましたね」

「え？　そうなんですか？」

「さすがは受付の天使と呼ばれた佐伯さんですね」

「え？　なんですか？　それ」

穂乃香はくすくす笑う。

「いや、佐伯さんが受付にいらっしゃった時は、もうその天使の笑顔にどれだけ癒されたことか」

（受付での笑顔……それは褒めてほしい）

鏡の前で何時間も練習した賜物《たまもの》だからだ。

わざとらしくならないように自然に、かつ感じよく見えるように、角度も目線も、口角の上げ具合や口元への手の添え方まで、穂乃香は練習し尽くしたからだ。

「ありがとうございます」

にこっ。

これは練習の成果なのだから。

元受付で今は専属のアシスタントともなれば、今の穂乃香は正直、課内でも高嶺の花ではあるのだ。

「佐伯さん！」

時任が穂乃香に笑顔を向けた。

「はい」

「そろそろ慣れましたか？」

「はい。おかげさまでだいぶ」

「そっか、じゃあよかったらお食事に行きませんか？」

「そうだよな、時任くん。歓迎会もまだしてないしなー。課内でぜひ！」

——お前、一人で抜け駆けしようとしてんじゃねーよ。

――いやいや、別にそんなつもりはありませんよー。

一瞬の間に視線だけでそんなようなやりとりが交わされる。

けれど、穂乃香はそれには気づかず、にこーっと笑った。

「とっても嬉しいです！」

堂々と誘ったほうが穂乃香も警戒しないだろうと考える時任と、お前だけだと思うなよ！　という強い視線を向ける周囲の部員たちが火花を散らす。

「佐伯さんの歓迎会ならオレも行きまーすっ！」

「ちょ……穂乃香ちゃんをそんな男子だけの会には行かせないわよ。私も参加します」

「飲み会ですか⁉　参加します！　参加します！」

歓迎会は、この機会に穂乃香とお話してみたい！　という男性社員や、穂乃香を男子だけの席に行かせるわけにはいきません！　という女性社員とで、穂乃香ちゃんファンクラブのような様相を呈してきたのだ。

穂乃香自身は「誘ってもらえてうれしいなあ」とにこにこしている。

榊原トラストは風通しのいい、雰囲気の良い会社なのだ。

◇◇◇

桐生が外出先から帰ってメールを開けると「歓迎会のお知らせ」なる掲題のメールが入っていた。

発信者は同じチームの時任で、今までできていなかった穂乃香の歓迎会をすると書かれており、日にちは今週の金曜日となっていた。

たいていこのような歓迎会の時は、同じタワーの中にある高級レストランの個室を使用して行うことが多い。

確認するとやはり、会場はそのレストランだ。

(今週……か)

桐生の予定は今週、と言われてすぐに空けられるようなものではない。

参加は無理だな、と思ったその時だ。

そういえば、穂乃香の姿が見えないということに桐生は気づいた。

いつもなら和むような笑顔と声でお帰りなさい、と言ってくれる。

お手洗いにでも行っているのかと思ったが、桐生が外出先から帰ってきて時間も経つのに、まだ戻ってこないということは少し考えづらい。

「佐伯さんはどうした？」

離席するような依頼を出した覚えはなかった。

さっき、資料室で姿を見かけたかも……という声を聞いて、桐生は資料室に向かった。

ドアを開け、桐生は資料室の中に声をかける。

「佐伯さん！　いるか？」

「はーいっ！　あ、桐生課長ですか？　ごめんなさい！　お帰りなさい！」

奥のほうから穂乃香の声が聞こえた。

「午後からの訪問先の準備ですよね！　できてます」

きゃーという叫び声と、ガタガタッと何かにつまずいた音だ。

「おいっ！　何やってる？」

桐生は穂乃香の声がした部屋の奥に向かった。

穂乃香は、足元にあったダンボールで転倒したようだ。

「す……すみません」

「まったく。誰だこんな通路にダンボールなんか置きやがって。大丈夫か？」

「ごめんなさい。私です。奥が整理できていなかったので、ちょっと片づけようと思ったら、夢中になってしまって。わ！　もうこんな時間だったんですね」

「そんなの、事務方に任せればいいだろう」

段ボールに埋もれている穂乃香に、桐生は手を差し出して救出した。

「んー、でも忙しくて、なかなか手が回らないと思うんです。ちょっと気になっちゃっただけなので」

立ち上がった穂乃香はぱたぱたと服の埃を払って、桐生に笑いかける。

「すみません。桐生課長が戻ってくるまでに席に戻ろうと思っていたんですけど」

ふにゃっとした和むような穂乃香のその笑顔に、つい桐生が顔を寄せようとした時だ。

「穂乃香ちゃん！　ごめんっ！」

資料室に、営業事務の担当者が入ってくる。

桐生の冷たい視線に、担当者は入り口で身体を強張らせた。

「き……りゅう課長、こちらにいらっしゃったんですね」

「そう。俺のアシスタントが席にいなかったのでね」

桐生はにっこり笑う。

それはそれは魅力的な笑顔なのだが、なぜか寒気がするのはどうしてなのだろうか。

「穂乃香ちゃん、あとはやるから」

「すみません、よろしくお願いします」

穂乃香はペコリと頭を下げる。

「仲いいんだな」

「あ、事務の方たちとは少しずつ……私も分からないことが多いので教えていただいたりしますし。だからできることは少しでもお手伝いできたらな、って」

いつの間にか部内で『穂乃香ちゃん』なんて呼ばれていたことを桐生は知らない。

「歓迎会があるんだって?」

「はい！　皆さん優しくしてくださるんですけど、私もまだ顔と名前と業務が一致しないし。早く覚えて、皆さんと仲良くなりたいです」

にっこり笑顔を向けてくる穂乃香は、とにかく可愛い。

けれど……

(そんな必要、あるか?)

『穂乃香ちゃん』と呼ばれたり、気安く依頼を受けたり、飲み会に参加したり。

桐生は訳もなくイライラして、悶々としたスッキリしない気持ちのまま、営業部のドアを開いた。

「あ！　桐生課長！　今度の佐伯さんの歓迎会、ご案内をメールしました！」

席に着くと時任がそう報告してくる。

改めて、桐生はメールを開いて、予定表を開いた。

「あの……桐生課長は無理ですよね?」

桐生の予定を知っている穂乃香が、横でそう言って首を傾げた。

「……そうだな」

桐生は改めてスーツの内ポケットから手帳を出して、スケジュールを確認した。

確かに予定はいっぱいだ。

「桐生課長はいつでも一緒だから、いいんじゃないですか?」

（――ん?）

「そうですよねー。佐伯さんも、たまには羽を伸ばしたいですよね?」

桐生の参加が難しい、となると、急に部下や同僚たちが口々にそんなことを言い始める。

「ちょっと待て、まるで俺がいたら羽を伸ばせないような言いようだな?」

「そんなつもりはないですっ!」

そんな部下と桐生とのやりとりを見て、穂乃香はくすくす笑っていた。

「本当に仲がいいんですね。私も早くそのお仲間に入りたいです」

「仲間だろ」

「仲間ですよー!　でももっと親交を深めましょう!」

「はいっ」

素直なお返事と、すぐににこっと笑顔になるところは穂乃香の良いところだと桐生は思う。

ただ、その笑顔に見とれているのが何人か……

非常に不安だ。むしろ不安しかない。

確か、アイツは先月辺り彼女と別れたとか言っていたし、こっちのこいつはここ何年かフリーなのだと言っていた。

同じチームの時任もワンコ系とは言われているけれど、その実、外は草食、中身は肉食のロールキャベツ系ではないかという噂は絶えない。

そんな中に、いくら今まで合コンで相手を玉砕させてきたとはいえ、海千山千の営業マンたちを相手に穂乃香が落ちないとも限らない。それに、難攻不落に挑むのが好きなのが営業マンというものだ。

可愛い羊を狼の群れに投げ込むことなどできない。

（てか、穂乃香の羊って可愛すぎないか？）

一瞬、桐生の頭の中を、ふわふわの羊の衣装を着た穂乃香が首を傾げている姿が頭をよぎり、にやけてしまいそうになった口元を慌てて押さえる。

服の下を知っているだけに、リアルに想像できてしまうのだ。

（ぜったい可愛いだろ、それ!!）

そう思うと……

（一人、ダメ！　絶対！）

「そうだな、最初からは参加できないけれど、他でもない佐伯さんのためだから、遅れてでも必ず行くよ」

桐生はにこり、と笑う。

「ホントですか!?　嬉しいっ！」

男性社員たちのえー!?　来るのー？　という視線には瞬間冷凍できそうな笑顔を返しておいた。

「何か問題あるか？」

「いえ……」

歓迎会の主役である穂乃香が嬉しいと言っているのだし、なんの問題もないはずだ。

そうして訪れた歓迎会当日である。

「穂乃香ちゃんを守る会」の女子たちに阻まれて、穂乃香目的の男性陣は目に涙を浮かべて引くしかなかった。

桐生が必死で仕事を終わらせて会場に到着した時、穂乃香は課内の女子に囲まれてにこにこしていた。

「ほんっと、穂乃香ちゃんって可愛いよねー」

「何使ったらお肌がこんなにすべすべになるの？」

穂乃香は肉食女子に囲まれて、ほっぺたをつつかれたりしている。

一方で「ずっとあの調子です……」と男性陣はガックリしていた。

桐生にしてみれば穂乃香がご機嫌なのは嬉しいし、うちの課の肉食女子たちは信頼できる人材ばかりだ。これはこれでよかった、と一安心していた。

「いーい？　穂乃香ちゃん、桐生課長にいじめられたら、すぐに私たちに言うのよ？」

「いじめねーから」

さりげなく、桐生は穂乃香の横に座る。

「お帰りなさい。お疲れ様でした」

「うん」

にこっと笑顔を向けてくる穂乃香に、桐生が頷きを返す。

「桐生課長！　もうメロメロじゃないですかー！」

「メロメロってなんだ？　変な表現するな」

穂乃香が桐生にグラスを渡して、ワインを注ごうとする。

桐生はそのワインボトルを取り上げた。

「今日は佐伯さんの歓迎会だろ？」

「あっ……はい。でも、けっこうたくさんいただいてしまって」

「そうか、じゃあやめておくか」

「あのっ、少しだけいただけますか？」

ワイングラスを両手で持って、穂乃香は桐生にねだる。

その声が酔っているせいか少し甘くて、あらぬ想像をかき立てられた。

「欲しいの？」

つい、桐生のＳっ気が顔を出してしまう。

こくっと頷く穂乃香だ。

「ください……」

ふわりと頬が赤いのは酔っているせいだけなのだろうか。

向かいの同僚がごくっと喉を鳴らして、ものすごい勢いでこちらを見ていることに、桐生はようやく気づく。

それだけではなくて、穂乃香のテーブル周りの全員からの視線が集中していた。

──なんだか……桐生課長が壮絶にエロいんだがっ⁉

部員たちの頭の上に文字が浮かんでいるのが見える。

「ん……んっ、酔わない程度にしておけよ？」

咳払いをした桐生は穂乃香のグラスに少しだけワインを注いだ。

「はいっ！」

この微妙な雰囲気にも穂乃香は気づかないようで、桐生から注いでもらったワインを嬉しそうに飲んでいる。

その様子を微笑ましく見ていた桐生だが、ふといたずら心が芽ばえる。

桐生とは逆隣の女性主任と話し出した穂乃香の膝を、指でなぞった。

穂乃香はぴくん、と身体を揺らすけれど、動揺を見せまいと表情を変えずに話を続けていた。

それが偶然ではないと分からせるために、膝から内側にそっと触れる。

穂乃香はぎゅっとそのいたずらな桐生の手を握った。

顔を赤くしてほっぺたが膨らんで、眉間にシワが寄っている。

桐生はその手を握り返した。

「っ……あの、私、お手洗いに行ってきます」

さすがに我慢できなくなったのか、桐生を軽くにらんで穂乃香は席を立った。

桐生はなんでもないように同じテーブルの同僚たちと話を続けながら、真っ赤な顔をして席を立った穂乃香のことを考えていた。

（ったく、可愛くてしょうがないな）

つい、笑みが浮かんでしまう。

「桐生課長、なんだかご機嫌ですね？」

「ああ、今日の営業、うまくいきそうだからな」

「さすがですね」

さて、そろそろ穂乃香を追いかけるか……

◇◇◇

穂乃香はできるものなら洗面所の水で顔を洗ってしまいたかった。

（もうっ！　もうっ！　なんなの⁉）

熱くなってしまっている顔を冷やしたい。

（『欲しいの？』って、あんな聞き方……っ！）

――欲しすぎる……

メロメロなのは、こっちのほうだ。

（なんで？　なんであんなにエッチぃの？）

そのうえ、すごくいやらしく膝を撫でられて、思わずぞくん、としてしまった。

誰かに見られちゃうかも、というスリルと背徳感でくらくらした。かと思うと、きゅっと手を握ったりして。

桐生のそんな行動の一つ一つが穂乃香にはツボすぎるのだ。

お手洗いを出ると、外には桐生がいて、穂乃香は言葉を失くしてしまった。

「桐生課長……」

「二人きりの時は違うだろ？」

穂乃香の手を握って、桐生はお手洗いの奥の大きな窓のあるスペースに引き入れる。

小さなベンチも置いてある、休憩場所のようなところだ。

――誰かに見られちゃうかもしれない。

そう思うと穂乃香の心臓がどきどきと大きな音を立てる。実際はそのスペースは物陰のような場所になっていて、背の高い桐生が穂乃香をかばうように立っていれば、通りすがりには見えないだろう。

街が一望できるその大きな窓から見える夜景は最高のはずなのに、その窓は穂乃香の背中側にあって、目の前には桐生の整った顔が近い。

目の前の桐生の欲情にキラキラした瞳のほうに、穂乃香はつい引きつけられてしまう。

「なんて呼ぶの？　ん？」

低くて甘いけれど、逆らえない声。撫でるように柔らかいその声に、穂乃香の口からその名前がこぼれ出る。

「さ……としさん……」

「よくできたね」

そう言って、にこりと笑った桐生は顔を近づけて穂乃香の唇をふさいだ。

最初から口の中に強く舌が入ってきて、ぐちゃぐちゃに掻き回されるようなキスだった。

口の中の隅々まで舐め回されて、隅々まで暴かれる。

桐生の下半身が強く穂乃香に押しつけられた。ぐりっと硬いものが際どいところを刺激する。

それだけで、先ほどから煽《あお》られっぱなしの穂乃香は、背中が甘く痺れるような感覚を受けてしまったのだ。

「ん……ぁ……」

「しー。声出しちゃダメ」

桐生は笑って穂乃香の顔を覗きこんでいる。

もう、ぐずぐずになりそうだ。

「聡志さんっ……も、だめ」

「ん？　どうされたいの？」

「もう、欲しっ……」

「じゃあ、二人で抜けようか？」

その桐生のひそやかな声にこくこくっと穂乃香は頷く。

「ここに座っておいで」

キスだけで立てなくなってしまった穂乃香を、桐生は窓際のベンチに座らせた。

桐生は一旦会場に戻って、穂乃香の荷物を持ってきてくれたらしい。

「荷物はこれだけか？　酔ってしまったようだから送るとみんなには言ってきた」

酔ったのは間違いない。お酒ではなくて、桐生に。

穂乃香は抱きかかえられるように近くのホテルに連れていかれて、気づいたら部屋の中だ。

しかもラブホなどではなくて、きちんとしたシティホテル。

歓迎会の会場から荷物を持ってきてくれる時も、ビルからホテルまで流れるように連れてこられた時も、桐生には迷いがなくスマートだ。

まるで最初からそんな約束だったかのように。

慣れた仕草でホテルのエレベーターを上がり、カードキーをかざして部屋に入る。

(――大人で、すごく素敵)

桐生はさらうように穂乃香を部屋の中に引き入れた。中に入ったら入り口で、浴びるようにキスをされる。手首を掴まれて壁に押しつけられ、指を絡められた。

その捕らえられたような感じに穂乃香はまた、ぞくぞくしてしまう。

「……んっ、あ……」

「……穂乃香」

桐生は耳を柔らかく咥えて、穂乃香の名前を呼ぶ。

低くて吐息交じりに囁かれた声に腰がとろけそうだ。

どうしよう……どうしよう、エッチなスイッチ入った時の聡志さんがエロすぎる……

今だって、すぐに身体中が熱くなってしまうし、そのくせ背中から腰にかけてはぞくぞくしてもう力が入らない。

「あんなふうに人前でおねだりなんかしちゃ、ダメだろう？」

「っえ……そんなの、してな……っ」

低い声で、耳元で息を吹きかけるかのように囁かれ、時折耳に歯が当たる。

顔がとんでもなく近づいていて、穂乃香はそれを意識せずにはいられない。

「欲しかったの？」

「あ……」

それはワインを注ぐ時に言われた言葉。

あの時はワインだったのだけれど、今こんなふうにされて「欲しいの？」と聞かれているのは、別のもののような気がする。

気づいたら、スカートの中を探られているその手に身体を捩《よじ》らせてしまう。

まとめられていた手がするりと解《ほど》けたので、穂乃香はきゅうっと桐生にしがみついた。

「そんなふうに脚閉じちゃったら、触れないだろ?」

「でも……でもっ……」

「なんて顔してるの。欲しくて仕方ない穂乃香の顔、すごく可愛い」

「恥ずかし……」

「恥ずかしいだけ? 俺のことは欲しくない?」

「欲しい……です」

くすっと笑った桐生が、服の上から穂乃香の身体に口づける。

立ったままなので、穂乃香はそれをぼうっとした頭で上から見ていた。

「この辺?」

胸の先端辺りを指が引っかく。服の上からだから、少しだけもどかしいのに腹の辺りがきゅん、とした。

「っふ、あんっ……」

つい、堪えきれない声が漏れてしまう。

「感じやすくて、声可愛い」

ふっと耳元で笑う気配がした。

桐生はスーツを着たままで、会社にいる時のままなのに、雰囲気だけが今は違う。

とてつもなく甘くて、とてつもなく淫靡。

桐生の繊細な手は、穂乃香のブラウスのボタンを外していく。

つるりとした素材のキャミソールを見て、今度はゆっくりとスカートのファスナーを下ろした。

すとん、と落ちたスカートが穂乃香の足元に絡まった。

そうして、桐生は今度はストッキングに手をかける。

全ての仕草が、先ほどまでとは別人のようにゆっくりで、穂乃香の肌に触れながら、一枚一枚脱がされていく。それだけで、穂乃香は昂《たかぶ》っていってしまう。

「聡志さんも脱いでください」

「それは後でな」

「え？　だって私だけなんて」

「ほら、穂乃香がそういう顔するから。俺は今は脱がない」

そう言って、桐生の指が穂乃香の唇をそっとなぞる。

「そうしたらどうする？　穂乃香、会社で俺を見るだけでも興奮しちゃうんじゃないか？　こんなふうに俺に触れられたこと思い出してさ？」

その低い声での楽しそうな囁きに穂乃香の胸がきゅううぅっとなった。

（――そんなの……ズルい）

桐生は片膝をついて、ゆっくりと穂乃香のストッキングを下ろす。

今、穂乃香が身につけているのは、心もとないばかりの下着とキャミソールだけだ。穂乃香は顔を赤くして、壁にもたれる。どうしようもないくらいに心臓がどきどきと音を立てていた。

着衣に乱れのない桐生はストイックに見える分、壮絶にセクシーだ。

桐生は立ち上がって、穂乃香の頬に手を触れる。

「すごくエロい顔してる。こんな顔……普段は見たことない」

キャミソールの上から大きな手のひらが穂乃香の胸をふわりと揉んだ。

その綺麗な指が胸に触れて、自分の胸が柔らかく形を変えるのが目に入る。何もかもを見透かすような桐生の切れ長の目が穂乃香をとらえていた。

そんな目で見られたら、穂乃香は身動きできない。

「穂乃香の顔すごく好きだ。お人形みたいに綺麗で整っているのに、こういう時は顔を赤くして目も潤んでて、誘い込むような表情で甘くて。身体もすごくいい。なにより肌が綺麗でそそられる」

（て、手入れしまくっててよかったぁ）

これも日々の努力のおかげと考えていいのだろうか。

こんなふうに言ってもらえるのなら、その甲斐はある。穂乃香はもっと桐生を魅了したいし、もっと感じてほしい。

桐生の大きな手が穂乃香の首の後ろに回る。強く引きつけられて、キスなのだと察した。穂乃香も桐生の身体に腕をしっかり回す。桐生の上質なスーツの質感を肌で感じてたまらない気持ちになった。

軽く何度も触れる唇に、段々と緩く開いていく口元。いつの間にか、柔らかく舌が絡み合っていって、穂乃香の呼吸がままならなくなっていく。

自分の息がどんどん乱れていくのを穂乃香は感じた。

「なあ、どうしてそんなに息が荒いんだ？」

「だって、もう呼吸が上手くできなくてっ……」

「さっきの、穂乃香の好きなところ追加する。俺に触れられて息を乱してしまうところ、俺にしか……見せるなっ……」

首の付け根の辺りを強く吸われた。

ツキンとした痛みを首元に感じる。

絶対、痕がついたと思う。

「っあ、ああ……んっ」

普段はクールなエリート上司である桐生が穂乃香といる時にこんなふうに乱れたり、独占欲を見せたり、甘かったり、いじわるだったりというのは、正直それだけで下腹部に熱がこもりそうだ。

（どうしよ……このままセフレっぽい感じでもいいけど、もっと聡志さんがちゃんと欲しくなっちゃうかもしれない）

それでも、きっと身体だけの関係なのだから。だって、そうでなかったら、服くらい脱いでくれると思うんだもの。

穂乃香が下着姿なのに桐生がスーツのまま、というのは。

（……いや、興奮はするんだけれど、むちゃくちゃ感じてしまうんだけれども。ていうか、そんなところも素敵なんだけど!!）

抱きしめられて、唇にも耳にも胸元にも数え切れないくらいのキスを受けた。

もう敏感になりすぎて、どこに触れられても、身体がびくびくしてしまう。

身体が熱くて、どうしたらいいのか分からない。

「っあ……聡志さんっ」

「ん？　もっと、呼べよ」

甘い顔をした桐生が、優しく穂乃香の髪をかきあげてくれる。

その指の動きもたまらない。ついその手にすり、と擦り寄ってしまった。

「我慢できない？」

こくんっ、と穂乃香は頷く。

「ああ、もうそんな泣きそうな顔をして。可愛いな」

ふっ……と笑った桐生が穂乃香の下着をそっと下ろした。

肌が空気に触れ、下着からはつっ……と透明な糸が引いたのが見える。その淫靡な光景にさっきから穂乃香はくらくらと酔ったようになっていた。

穂乃香を立たせたまま、桐生は着衣を乱すことはなく、その脚の間に顔を埋《うず》める。

自分ですら滅多に触れないところにスーツ姿の桐生が膝をついて、その舌が触れるのだ。

その姿はひどく倒錯的で、背徳的だった。

思わず、そのスーツの肩をきゅっと握ってしまった。

「だめ……っ！」

感じすぎておかしくなりそうで、気持ちいいのに気持ちよすぎて涙がこぼれてしまう。

「いや……？」

強引に進めてもいいのに、時折優しく穂乃香に確認する声が好きだ。

穂乃香は必死で首を横に振った。

(違う……だめってそういう意味じゃなくて)

──ダメだけどダメじゃない。ダメになりそうだけどやめないでほしい。

「やじゃない、です」

「ああ、気持ちよすぎて泣けちゃった？」

こくこくっと穂乃香は頷いた。

「お腹の下っ……きゅんてして堪えられなくて、どうしたらいいんですか？」

「思うままに感じていいよ」

自分は下着も肩紐がズレてしまってあられもない格好で、一方で桐生はジャケット一つも脱いでいなくて、なのにこんなに感じさせられるとか……

（もう、頭とろけそうで、何も考えらんない）

——思うままに？　感じていいの？


熱を持ったように熱くなっていて、けれどどうしようもなく濡れてこぼれてしまう。そこからとろりと溢れるような感触がある穂乃香の狭間に、桐生の指が優しく触れた。先ほど桐生の舌で舐められて感じさせられた場所だ。

「んっ……あ、やあっ……」

桐生は穂乃香をしっかりと抱きしめたまま、その中を指で味わうように動かす。

穂乃香はぎゅっと桐生にしがみついた。ふわっと鼻に届いたアンバーでウッディな香りは桐生の香水だろう。抱きしめられるくらいに近づかないと香らない香水の嗜《たしな》み方も穂乃香にはたまらない。

抱きしめる腕の力、包み込む香り、甘い声、優しい指。

おかしくなりそうなほどに感じさせられて、穂乃香の下肢からは濡れたような音が止めどなく聞こえてくる。穂乃香の中のいいところを探るようなその動きにすら感じさせられていた。

桐生の指が穂乃香の中の気持ちのいいところをかすめる。

浅めのその場所を的確にざらっと撫でられた気がした。

もうずっと感じさせられていて、そんな時に感じる場所を撫でられて、気づいたらかん高く甘い声が漏れてしまっていた。

「や、あぁぁんっ……」

抵抗もできずに高みに連れていかれたのだとその時に分かる。びくびくっと太ももが痙攣《けいれん》してしまって立っていることができなくなって、桐生にもたれかかった。

「ん？　どうした？」

と桐生は腕の中の穂乃香に柔らかく聞く。

イったことなんて分かっているくせに。

「ひどいです……」

穂乃香の口から思わずこぼれた拗ねたような声には甘えが含まれていた。

「いじわるなんだもの。聡志さんばっかり、服も脱がないなんて、ズルいわ」

桐生は余裕のある様子で穂乃香に問い返す。

「なんだ？　脱いでほしかったのか？」

「脱いでください」

そんな穂乃香の言葉に笑顔を向けた桐生はジャケットを脱いで、ネクタイを解《ほど》いていく。それだけの姿なのに色気がすごい。

(ずるいし、いじわるなんだもの。私もいじわるするんだから！)

まだ今はホテルの部屋の入り口で、中にも入っていないのにイカされたのだ。

しかも、ジャケットを脱いでネクタイを解《ほど》いて襟元を緩める姿には、男性ならではの色気を感じて胸がきゅうっとする。

「脱がせたい……」

その穂乃香のつぶやきを聞いて、桐生はふっ……と微笑んだ。

「どうぞ」

どこまでも余裕があるのが悔しい。

穂乃香は一つずつシャツのボタンを外していく。

少しずつあらわになる桐生の肌はなめらかで引き締まっていて、脱がせていくうちに穂乃香の鼓動はどんどん大きくなっていった。

ところで、一番下までいったらどうしたらいいのだろうか。

桐生はどうするのかな？　と言いたげな顔で穂乃香を見ていた。

——全部脱がせるんだもん。

穂乃香はシャツを引き出して、ボタンを全部外していく。桐生のどこまでできるのかな？　という表情に、スラックスのベルトに手をかけることにしたのだ。

(男性用のベルトってどうしてこうも外すのが大変なの？)

一生懸命ベルトを外していて、そして気づいたのだ。そのスラックスの前がしっかり勃ち上がっていることに。

「……あの」

穂乃香が思わず顔を上げると、桐生は苦笑していた。

「まあ、レストランにいる時から、ずっとだな」

「ずっと……？　つらくないの？」

男性のそれは勃ち上がったままだと、大変につらいと聞いたことがある。

(とってもいい子なのね？)

穂乃香は勃ち上がっているそれをつい、撫でてしまった。

「なにしてる？」

「いい子だから、褒めてます」

そう言った穂乃香の手を掴んだ桐生は、ベッドルームに連れていき、そのベッドに穂乃香を寝かせた。そうして穂乃香の上になる。

その目はまるで肉食獣のようで、穂乃香はどきどきしてしまう。

「いたずらする子は泣かせるぞ」

「……や……」

(そんな、泣かせるなんて、どうされちゃうのかしら?)

自分でもいやなんて言いつつも本当はいやなんかじゃないことは分かっている。きっとそんなことは桐生だってお見通しに違いないのだ。

その時、桐生の下半身が穂乃香の下半身と密着した。

密着というより、押しつけられている。それは先ほど穂乃香が脱がせようとしたスラックスの下にあったものだ。

主張しているくせにお行儀のよい、勃ち上がっている桐生のモノで、際どいところを緩く擦られる。

「んんっ……」

「さっき、イった?」

どうしようもなく感じている耳元で囁かれるとぞくん、と身体が震えてしまう。

それでも桐生は穂乃香の指に指先を絡めてくれるから、穂乃香はきゅっとそれを握り返した。

ふ……と軽く笑った声と耳にかかる息に、穂乃香は甘い声を漏らしてしまうのだ。

「んっ……あ、」

「イった？　イってない？　どっち？」

とってもいじわるな質問。いつの間にか形勢は逆転していた。というか、最初から穂乃香が桐生にかなうはずもなかった。

ゆるゆると腰を押しつけられると、穂乃香のその部分に熱のあるものが当たって、堪えられない。まだ桐生が下着を脱いでいなくて、布越しの感触だからなおさらだ。

思わず穂乃香の腰が揺れて、擦り寄るようにしてしまった。桐生のほうは質問に答えてほしいのだろう、穂乃香を期待を込めた瞳で見ている。

けれど、そんなこと恥ずかしくて言えるわけもなかった。

イったのは事実だけど、そんなこと言えない。

穂乃香は唇を噛むようにして目を潤ませて、桐生を見返した。

「さっき歓迎会場で『いただけますか？』とか言うからどきどきしたよ。欲しいんだよな？」

「……っ、それは、ワインです」

「じゃあ。いらない？」

「や……欲しい、です」

「泣いちゃうくらい、欲しかったんだよな？」

こんな会話を重ねている間も、ゆるゆると穂乃香の狭間にある敏感な部分は桐生のモノで擦られていて、もどかしいのに気持ちよくて、まだ中に入っていないはずなのに、その動きに穂乃香は翻弄されていた。

「や、もう、いじわるです」

「んー？　いじわるはイヤなのか？　でも、俺が単にいじわるしてるわけじゃないって穂乃香には分かってるよな？　さっき穂乃香を脱がせた時、下着がいっぱい濡れてた」

「そんなの、や……言わないで」

「どうして？　嬉しかったのに？　舐めたら気持ちよすぎて泣いちゃうとか本当に可愛い。それに指、気持ちよかったんだろう？」

桐生はそんなふうに、わざと煽《あお》るように穂乃香に質問を重ねていく。穂乃香がそれに答えることができない様子を楽しんでいるように見えた。

その間も緩く緩く腰が押しつけられている。

(どうしよう。すごく、すごく気持ちいいよ)

挿れてくれたらいいのに、という気持ちを込めて穂乃香は桐生を見る。

絶対焦らされている。きっと桐生は穂乃香の口から欲しいと言わせたいのだ。

焦らされて、言わされようとしているこの状況にも穂乃香はきゅんきゅんとしてしまった。

「すぐイっちゃって、中に触れていただけで、俺も気持ちよくなりそうだった。今も挿れたい」

「あ、……して、ください」

桐生の背中をぎゅっと掴んで、結局穂乃香はうわ言のようにねだることしかできなかった。

そして、下肢にたまった熱が少しずつ高まっていく。いつの間にか穂乃香は自分から敏感な部分を擦りつけていたことには気づいていなかった。

「ほんっと可愛い。エッチで可愛くて甘えんぼうで……可愛いよ穂乃香」

「……ん、あぁっ、やあぁんっ！」

緩く擦られていただけなのに、甘く名前を呼ばれたらそれだけでイってしまった。

「うっ……ふ……」

「可愛い。イったな？」

桐生はさらりと穂乃香の髪を撫でて、緩く抱きしめて、頬を撫でる。

こくん、と穂乃香は頷く。

穂乃香の視界にシャツを引っかけただけの桐生が、それをもどかしげに脱いだ。

イってしまって、身体に力が入らない穂乃香はそれをぼうっと見ている。桐生は手早く準備して穂乃香の膝を開いた。

(待って！　今はまだ無理っ!!)

入り口のドアの前でイかされて、今また達したところである。今挿れられたらおかしくなってしまう。

「あ……待って、待ってください……っ、今、まだだめ……だめっ！　っふ、あぁんっ！」

ダメなんて言葉は抵抗にもなっていないようだった。一気に入ってきた桐生の存在感は、穂乃香の最奥にまで一気に到達する。

散々焦らして、ゆるゆると動いていたくせに、中に挿れた桐生は一気に強い刺激を与えてくる。中がいっぱいで、みっしりとしたその存在感を穂乃香は感じた。桐生は穂乃香の良いところを見つけて的確に突いてくる。

「ん……っあ、や、おっき……」

無意識に漏れてしまったその言葉に、さらに存在感が増したような気がする。決して強引なわけではないのに、奥まで満たされるその動きに、穂乃香はずうっと甘くて高い声を漏らすことしかできなかった。

それに桐生は優しく応え続けてくれていた。

◇◇◇

ベッドの上でガチガチになって緊張されるよりも、少し奔放にこんなふうに甘えてくれるのはいい。

甘い声を上げて桐生の身体に両手を絡めて、堪えられないような顔をするほうが桐生は好きだ。

一度では足りなくて、「待って」とか言う穂乃香がさらに「もうイけない……」とか「無理っ」と言いつつも、ぎゅうっと抱きついてくるのがたまらなくて、何度も抱いてしまった。

朝の腕の中で見る穂乃香は、いつもよりも無防備で無垢に見える。

あんなに乱れるなんて、まるで嘘のようだ。

(可愛い……)

それなりにいろんな女性と関係を持ちはしたけれど、こんなに可愛く思ったことはない。

さらりと穂乃香の髪をかきあげてやると、ん……と可愛らしい声がした。

「起きた……?」

「ん……あ、はい……」

少しだけぼうっとしてるのも可愛い。

もう寝ていても起きていても動いていても「可愛い」しかない。存在が愛しい。

「さ……としさん？」

「うん？　シャワーを浴びておいで。もうすぐルームサービスが来るから」

「はい……」

穂乃香がシャワーを浴びに行っている間に、ルームサービスをテーブルに並べてもらう。

文句のない快晴で、大きな窓からはさわやかな朝の光が漏れていた。

ホテルの大きな窓からの朝日を浴びてキラキラと光るサラダや、つややかなパンも美味しそうで、幸せだと桐生は思う。

そうして、幸せの極みがコレだ。

「聡志さん、シャワーお先にありがとうございました。わ、美味しそう」

朝食を見てふわりと笑う恋人の姿。

「穂乃香、親御さんにご挨拶に行かなくては、と思うんだが……」

「え？」

――え？

（え？　ってなんだ？）

「そんなふうに思っていらっしゃったんですか？」

（は？）

穂乃香はきょとん、としている。

（だって、見合いだろう？）

「そんなふうに思ってくださっているなんて、思わなくて……」

はにかむ穂乃香も可愛い。

――いや、そうではなくて。思うだろう？　普通。

……じゃなかったらなんだ……？

桐生は自分の行動を振り返る。

確かにデートもしないで、お見合い当日に部屋に連れ込み、セックスになだれ込んだ。

昨日もそうだ。

我慢できなくて飲み会で撫で回して、挙げ句ホテルに連れ込んだうえに、散々コトに及んだ。

桐生にしてみれば、それは気持ちがあるからしたことだけれど、確かに穂乃香の意向を確認したわけではない。

同意を得たか、お見合いの結果を伝えたか、と言うと、確かに伝えてはいないかもしれない。

仕事ならコンセンサスを確実に得てから業務を進めているというのに。

目の前の穂乃香はご機嫌で、桐生がちらりと見るとにっこり笑い、ん？　と首を傾げる。

(可愛いっ！　……が、今のこの状況を一体どう思っているのか、まさか……ＹＳＰか!?)

——この俺がＹ（ヤリ）Ｓ（すて）Ｐ（ポイ）されようとしているんじゃないだろうな!?


ホテルをチェックアウトした土曜日、そこそこのショックを抱えて桐生は家に帰った。

翌日の日曜日は家でじっとしていると考えてしまうので、ジムでひたすら汗を流すことにする。

身体をめちゃくちゃに動かして、頭の中を空っぽにしないと眠れないと思ったのだ。

はあはあ荒い息をついて、頭を垂れる桐生にトレーナーが「大丈夫ですか？」と声をかけてきた。

(——だいじょばねーよ！　くそっ！)

「桐生くん？」

「んあ？」

汗だくで顔を上げたら、そこには自社のＣＥＯの整った顔があったのだ。

「榊原さん！」

目の前にいたのは榊原貴広《たかひろ》だった。桐生の勤務する榊原トラストのＣＥＯだ。

社名を変更してからは二代目になるはずの榊原貴広だが、もともと榊原家はこの辺の大地主だったのだと聞いている。

それを複合企業にして、今のレベルにまで引き上げたのが、今の会長とこのＣＥＯなのだ。

この辺りでは知らぬもののない会社のＣＥＯであり、カリスマ経営者として有名な人物だ。

経済誌にも幾度となく取り上げられるのはその手腕だけでなく、見た目もいいからに他ならないのではないかと、桐生は常々思っていた。

本来なら話すこともできないような雲の上の人であるはずなのだが、マンションの近くにあるこのジムでは時折顔を合わせることがあった。

しかも社内の表彰で何度か顔を合わせていたため、桐生のことを覚えていて、声をかけてくれたのである。

最初に声をかけられた時は驚いたが、今では顔を合わせれば時折軽く話したりするような関係だ。大きな企業のCEOなのに気さくな性格なのだった。

「鬼気迫るといった感じだが大丈夫か？」

榊原はくすくす笑っている。

際立って整った顔立ちに、すらりと背が高く、桐生よりやや高めの長身で一緒にいるとかなり目立つ。自分も見た目にはそこそこの自信があるが、このカリスマ性には足元にも及ばないと思うくらいだ。

しかも、そんな人でさえ、こんなふうに自分を鍛えていたりするのだ。

(汗をかく姿すら、イケてるってどうなんだよ⁉)

「すごい勢いで身体を動かしていたけれど、まさか、仕事のストレスじゃないだろうな？」

タオルで汗を拭きながら聞かれ、桐生は否定する。

「いえ……」

確かに、会社の責任者としては気になるところなのだろう。

「話なら聞くぞ？」

その魅力的な笑顔に逆らえるわけがなかった。

榊原貴広は桐生の話を聞くと、遠慮なく爆笑した。

「や……やり捨てポイって！　ガツガツしている学生でもあるまいし」

ここのジムには、カフェが併設されている。

デッキもあるそこは、栄養士のアドバイスを受けたヘルシーな料理も用意されている。チキンのささ身とサラダのランチなどは、ジム帰りでも遠慮せずに食べることができると好評らしい。もちろんここも、榊原トラストの経営するカフェだ。

けれど今は二人でコーヒーを注文する。

イケメン二人がデッキでコーヒーをする様子は、通りすがりの女性たちにちらちらと見られていたが、桐生は今、それどころではない。

(そんなに笑うか?)

「いや……君にね、期待しているんだよ」

笑いすぎの涙を拭きながら、榊原はそう言った。

「いろいろ、君の待遇は特別なんだ。それは分かっているよな?」

「はい」

専属アシスタントからして、そうだろう。

「うん。それができるのには理由がいくつかある。ひとつには、君の実力だな。ヘッドハンティングなんかされたら、たまらない。君が稼ぎ出している数字は弊社でもトップだよ。まだ若いし、これからもっと貢献してもらえると期待している」

先ほどまでとんでもなく爆笑していたとは思えないくらいの、こちらが落ち着くような話し方だ。

つい、聞き入ってしまう。

「あと、君自身のクリーンさ。いくら数字ができても、ガバナンスやコンプラに引っかかるような人物では困る。君には女性関係含め、そういうことは一切なかった。まあ、口は悪いらしいけどな?」

会社のトップであるCEOに直接これだけ褒められることはそうそうない。

「それを承認したのは僕だ。課長の席も君のために用意したと言っても過言ではないし、実力からしたら、部長付きにしてもいいくらいなんだ」

そんなふうに言われたら、この人の期待に応えなくてはいけない、と思ってしまうではないか。

これが、カリスマというものか……と桐生は改めて認識する。

「十分していただいていると思います」

「待遇はね、居心地悪くないはずだ」

「ありがたいです」

「うん。そんな君が……や、やり捨てされ……」

完全にツボに入ったようで榊原はまた笑っている。

笑いすぎなんだが。

「あの、ツボっていらっしゃるところ、お言葉を返すようですが、まだやり捨てと決まったわけではありません。ただ……そうなのかなって、発言があっただけで」

「受付からアシスタントになった、えーと、佐伯さん？　君はアシスタントだからと手を出すような人物じゃないし、彼女も身持ちは固いと聞いているんだ。それにお客様にもとても好評な人だったしね。いいコンビになるんじゃないかと思っているぞ。むしろそんなふうに出会ってしまうなんて運命的な気がするけどな。女性は心を開いていなければ、身体なんて絶対に許さないものだよ」

榊原のそんなアドバイスは桐生の心にすとんと落ちた。

もしも榊原の言う通りなのだとしたら、穂乃香は桐生に心を開いてくれているということになる。

そうだったらいい。

桐生は心から思った。


その時、榊原が道を歩いていた女性に手を振る。犬を連れた女性が榊原を認めてにこっと笑った。

道を歩いている女性に手を振るようなそんな軽いことをする人物ではないだろうに、と思ったら、

「凛《りん》」

と女性を呼ぶ。その声に甘さが含まれていた。

茶色いトイプードルは榊原のその声を聞いて、可愛らしいしっぽをふりふりしている。

女性がデッキの入り口に犬を繋いで何か言うと、犬はおりこうさんにお座りした。

「貴広さん」

そう榊原を呼んだ女性がデッキの階段を上がってくる。

綺麗と可愛いがうまくミックスしたような人だった。

「会えてよかった」

榊原が女性に向かって笑いかける。それはとても幸せそうな笑顔だ。

「すれ違いにならなくてよかったわ。こんにちは」

彼女は同席している桐生にも柔らかく笑いかけてくれて、人懐こくて感じの良い人だった。

桐生も頭を下げた。

おそらく、この人が榊原の奥様なのだろうと察しがついたので。「奥様溺愛」で有名なCEOなのだ。

綺麗さや大人な雰囲気はこの人のほうが上だと思うが、可愛さや愛嬌で言えば穂乃香のほうが上だな、などと無意識に考えてしまった。

「初めまして、桐生と申します」

「凜、桐生くんはね、うちを引っ張ってくれているトップセールスなんだ。桐生くん、うちの奥様だよ」

「榊原凜と申します」

綺麗なお辞儀は穂乃香にも負けずとも劣らないものだった。さすがに大きな企業の奥様だと桐生は感心する。

榊原がそのタイミングで立ち上がった。自然な仕草でレシートを手にしている。

「あ、俺が……」

相談を聞いてもらったのは桐生のほうなのだし、そのアドバイスは桐生にも嬉しいものだった。

榊原はにっこり笑って、桐生の耳元にそっと囁いたのだ。

「仮にも上司だぞ。カッコつけさせなさい。あと……そうだな。うちの奥様、最初は僕のことをとても警戒していたんだ。近づくと、それはもう警戒警報発令中みたいな顔をしてたな。まだ君のほうが見込みがあるぞ」

ポンと桐生の肩を叩いて、榊原はそれは見事なウインクをした。

それを見て、ん？　と凜は首を傾げている。

榊原は凛に向かって微笑みかける。

「じゃあ、凛、行こうか。桐生くん、頑張って」

そう言って、榊原は桐生に向かってひらひらと手を振った。

肩を並べて帰っていく二人の姿はどう見てもお似合いの夫婦で、最初は警戒されていたなんて考えられない。

二人はデッキの入り口に繋いであった犬のリードを外して、何か楽しそうに話していた。

自然でとても幸せそうで、お似合いの二人だ。榊原が差し出した手を、凛がきゅっと握るのが見える。

茶色い犬は榊原に絡んでいたけれど、榊原が何か言うと、大人しくてくてく歩き出す。

(そんなところまでカリスマなのかよ……)

桐生は笑ってしまった。

改めて、その後ろ姿を見て思う。

あんなふうになれればいい、と思うのに。ほど遠いような気がする自分と穂乃香の関係性に、桐生はため息をついた。

とは言え、桐生は穂乃香とのことだけにかまけているわけにもいかない。

今桐生が携わっている大きなプロジェクトには、今後も一年近くは関わる予定だ。

その中で、穂乃香のことはクライアントにも認識してもらわなくてはいけない。もはや穂乃香は重要なチームのメンバーなのだ。

判断が必要ないような、例えば手渡しの書類のお届けや簡単なご挨拶など、場合によっては桐生の代理をしてもらうことも桐生は検討していた。

自分が動けない時に安心して任せられる相手がいるのは心強いのだ。

◇◇◇

「佐伯さん、少しいいか？」

朝、出社すると声をかけられ、桐生が向き直ったので穂乃香はどきんとする。

相変わらず朝からさわやかで端正な桐生は素敵すぎる。

しかし、桐生の切り出した話は混じり気なしの業務の話だった。

「佐伯さんのことをクライアントにも認識してもらう必要があると感じているんだ。特に今回のプロジェクトは大きなもので、関わる時間が長くなるしな」

どきどきしたのに、なんだお仕事の話か、と一瞬思ったものの、積極的に業務に関わらせてもらうことができるのは、穂乃香にはとても嬉しい。

アシスタントとして少しは信頼してもらっているのかな、と実感することができるからだ。


今回のプロジェクトで一番大きく関わる会社は、総合商社である姫宮《ひめみや》商事である。

まずはそこに挨拶に行くことになった。

桐生が先方の部長にアポを取り、どんどん決まっていくアシスタントとしての仕事に、穂乃香はひどく緊張していた。

「お洋服はいつもの感じで大丈夫ですか？　持ち物は何を持っていけばいいですか？　名刺、要りますよね。どれくらい用意しておけばいいんでしょう？」

一生懸命質問をしながら、メモをしている穂乃香である。

桐生や他のメンバーはそれを微笑ましく見ていた。

「そうだな、服はいつものもので大丈夫だ。持ち物は手帳くらいか？　あと、バナナはおやつに含まないからな」

「分かりました！　手帳と、バナナはおやつ……？」

（――ん？）

「もう！　桐生課長！」

からかわれたと分かって穂乃香は顔を赤くして怒る。桐生はこらえきれないようで声まで出して笑っている。

「あははっ！　あまりに佐伯が真剣だからつい、な。悪かったよ。そんなに緊張しなくて大丈夫だ」

そのやりとりを見て、時任もくすくす笑っていた。

「大丈夫ですよ。取引先ではあるけれど業務上のパートナーでもあるし、それほど緊張しなくてもいいいと思います」

「分かりました。けれど、桐生課長のお顔を潰すことはできないですから、緊張してしまうんです」

「そんな佐伯だから、大丈夫だと思うんだ。よし、うまくいったらご褒美にバナナをやる」

「おサルじゃないですっ！」

「ああ。もっと可愛いな？」

なんだか微笑ましい二人に、今、チームのメンバーが思っていることはたった一つだ。

――ところで、この二人はデキているのか、デキていないのか⁉

◇◇◇

後日訪ねた姫宮商事は、タワーからワンブロック歩いたところにある高層ビルだ。『姫宮商事ビル』として本社を構えている。

タワーに負けず劣らずの綺麗な高層ビルは、低層階にはレストランなども入っているようだ。

「綺麗なビルですねえ」

穂乃香も存在は知っていたけれど、駅からは逆方向になるので来たことはなかった。

「まあ、一流商社だからな。ここのレストランはランチもいいらしいぞ」

テナントを指差しながら桐生は言った。レストランのランチがいいと聞いて、今度来てみようと密かに決めた穂乃香である。

ビルに入ると低層階は吹き抜けになっていて、桐生の言う通り店舗が入っているのが見えた。

全てガラス張りになっているロビーは外の光がふんだんに入ってくる造りで、いかにも待ち合わせと思われるビジネスマンに交じって、ランチを楽しみに来たようなマダムの姿もある。

オフィス階へ行くには、自動改札機のようなＩＣカードで通過する入り口を通らなくては入れないようになっている。

桐生は慣れた様子で、受付に向かう。

そこでは二名の女性が対応していた。

「加賀《かが》部長にお時間をいただいています。榊原トラストの桐生です」

「はい。桐生様、お待ちしておりました」

ご案内いたします、と受付の一人が来客用と書かれたエレベーターに案内をする。

そのエレベーターは来客専用のようで、グランドフロアとミーティングスペースのある階の二つしか階数ボタンはない。

エレベーターを降りると、ふわりとした絨毯《じゅうたん》の敷かれた階に到着し、さらにそこにも受付があった。

その受付には金のプレートにコンシェルジュと英語で記載されていた。

「桐生様、お待ちしておりました」

受付のスタッフに声をかけられる。

そうして、ふかふかの絨毯《じゅうたん》に、なんだかご立派なテーブルと、座り心地の良さそうな椅子の置かれている部屋にご案内されたのだ。

「ただいまお茶をお持ちします」

にっこり笑って、そのご案内の女性は立ち去る。

「……すごいですね……」

つい、ぽそっと本音が漏れてしまった穂乃香だ。

「そうだな。日本でも有数の企業だからな。業務は世界規模だし」

穂乃香には他社を訪問するということが、はじめての体験だ。セキュリティも来客専用エレベーターというものも今まで知らない世界だった。

「受付はまあ普通なんだが、このフロアにいたコンシェルジュとかいう人たちは、英語以外にも二ヶ国語くらいペラペラらしいからな。普段はもっとラフな会議室に案内されるんだが、今日はアシスタントの顔見せだと言ったからこちらに案内されたんだろう」

穂乃香自身も受付だった時は立場上、英会話は常にできるようにしていたが、商社のコンシェルジュともなると、マルチリンガルであることが必須らしい。

その習得も維持も大変であることが、穂乃香には想像できた。

改めて桐生に恥をかかせないようにしなくては、と身が引き締まるような思いだった。


「桐生さん、お待たせしました」

ノックをしてミーティングスペースに入ってきたのは、いかにも紳士然とした人物だ。

この人が加賀部長なのだろうと穂乃香は察する。

サラリーマンであるはずなのに、がっついたような印象は一切ない。品の良い、まさに紳士という感じだ。

「こちらこそ、お時間いただき、ありがとうございます」

自然にスッと席を立った桐生に合わせて、穂乃香も席を立つ。

ふと顔を上げて、穂乃香はその加賀部長の後ろにいる人に釘づけになってしまった。

「穂乃香？」

低い声で名前を呼ばれて、穂乃香の喉がこくん、と音を立てた。

知っている顔だったのだ。

こんなふうに何度も何度も名前を呼ばれた。時に甘く。時に優しく。そして、時に色香を含んで。

彼は高い身長の持ち主で、相変わらずのすらりとした肢体に、高級そうなスーツを身にまとっていた。

整った顔立ちと、優しい表情。

あの頃と変わらない柔らかい笑みを浮かべて、穂乃香のほうにゆっくり歩み寄ってきた。そんな姿ですら絵になるような人だ。三年前とほとんど変わっていなかった。

「ああ、やっぱり」

にこり、と笑った彼は穂乃香に向かって首を傾げる。

「柘植《つげ》さん……」

「あっくん、とは呼んでくれないんだね？」

穏やかな声と、穏やかな表情。

柘植篤《あつし》は商社マンだ。三年近く前に海外に転勤になるから、と穂乃香と別れた人である。

突然、こんなところで声をかけられるとは思っていなかった相手だ。

商社マンであることは知っていたけれど、当時の自分は彼の勤務先にはさほど興味はなかった。

彼も詳しくは話さなかったし、穂乃香も詳しくは聞かなかった。そんなことより二人の時間が大事だったから。

「海外じゃなかったんですか？」

穂乃香はとても驚いて、動揺して、やっとそれだけを言うことができた。

「今度、戻るんだよ。今はその前段階での一時的な帰国なんだ」

「柘植くん、知り合いかな？」

「はい」

部長の問いにも動揺することなく、軽く頷いて笑顔を返す柘植だ。

◇◇◇

「ちょうどよかった。桐生さん、紹介します。今度、異動で都市開発部の副部長に就任する柘植です」

取引先の部長である加賀から、そのように紹介され、柘植はその横で丁寧に頭を下げた。

「柘植と申します」

桐生は割と長身な部類に入るほうだが、それでも柘植との目線がほぼ互角なのも気に入らない。

それだけではない。

最初から、もう登場から気に入らない。

柘植は穂乃香しか見ていないのだ。

その長身も、高級そうなスーツも、整っていて優しそうな顔立ちも、穏やかな物腰も全部気に入らない。

それでもそんな感情を何とか押し殺して、桐生は柘植に名刺を渡す。

「榊原トラストの桐生と申します」

すると、穂乃香が一歩下がった。

柘植はそんな穂乃香をしっかり目で追っている。

なぜ、そんな見守るような目線なのか。

おそらくは元カレか何かなのだろうということは分かるが、それは桐生の神経を非常に逆撫でするものだった。

「すみません。僕のほうはまだ名刺の準備ができていなくて。今は引き継ぎの前段階での帰国中だったので」

柘植が桐生に向かってにこりと微笑む。

「そうだったんですね。それはお忙しいところお時間いただき恐縮です」

「たまたま出社していたのでね。挨拶にと思ったんだが、知り合いならよかった」

紳士な加賀部長はそう言って穏やかに笑った。

知り合いなのは穂乃香であって、桐生ではない。

そんなことにすら桐生は気分を逆撫でされるようだった。こと穂乃香に関しては、余裕がないことに桐生本人は気づいていなかった。


和やかに話が進んでいき、チームのメンバーが入れ代わり立ち代わりやってきては、穂乃香と挨拶を交わし名刺交換していく。

その間も柘植はにこにこして、その場に残っていた。

忙しいなら、早く帰れよ。という桐生の心の声は届かないようだ。


帰り際、下のロビーまで、部長も柘植も見送りについてくる。

「桐生さん」

失礼しますと言おうとした直前、ごく自然に柘植は桐生を呼んだ。

「はい」

呼ばれた以上、返事をしないわけにもいかない。

声まで良いのが本当に心からムカつく。それでも、表面上はにこやかに桐生は返事をしたのだ。

「僕は佐伯さんと知り合いなのですが、少しだけお話ししてもいいですか？　すぐにお返ししますので」

穏やかな、けれど逆らえない雰囲気の声で柘植は桐生に伝える。

「あ……」

穂乃香からは戸惑うような言葉が漏れた。

「佐伯さん、どうしますか？」

桐生は穂乃香を振り返る。穂乃香は少しだけ困ったような顔をしていた。

「嫌なら……」

遠慮する雰囲気を見せる柘植に、穂乃香はその言葉を否定した。

「嫌ではないです」

穂乃香は優しい。

嫌だ、とは言えないだろう。

そんなことは付き合いの短い桐生にすら察することができる。

「すぐ、終わります」

そう言って、その場に笑みを残した柘植は、少し離れた窓際のほうに穂乃香をエスコートした。

◇◇◇

(——なんだか……困る)

にこやかではあるのだが、桐生の雰囲気がピリピリしている。柘植だって穂乃香と付き合っていた時は、こんなふうに独占欲をあからさまに出す人ではなかった。

「なんでしょうか?」

穂乃香はまっすぐ柘植を見上げた。

「随分と他人行儀だね?」

だって、今は他人だ。

くすりと笑う柘植には余裕があるように見える。

「穂乃香はとても大人になったね」

そう言って、柘植は目を細める。

決して声を荒らげたりする人ではなかった。穏やかな人。それは昔から変わらない。

「お付き合いしていた時から大人でしたよ。知っているでしょ」

彼は一回りも歳の違う穂乃香を甘やかしたくて仕方なかったらしく、当時は包み込むように溺愛されていた、と思う。

だから、別れた時はとてつもなくつらかった。今さらそんなふうに声をかけられても、あの時の傷が癒えるわけではない。

(しかも……悔しいけれど相変わらず素敵だわ)

ただ、とてもつらかった分、頑張ってその悲しさを乗り切って今がある。

穂乃香にとっては過去のことだ。

「うん。そうだね。大人だった。けれども、今のほうがもっと大人っぽい」

「あの時は、学生だったから」

この人の前では、いつでも子供のようになってしまう。

それでも穂乃香は精一杯虚勢をはった。そうして、受付仕込みの感じの良い笑顔を向ける。

「惜しいなって思いました?」

「悔やまなかった日はないよ」

愛おしげな目で穂乃香を見ながら、柘植はさらりとそんなことを言う。柘植は穂乃香なんかよりも何枚も上手《うわて》なのだ。

「あの人は……」

柘植の目線が桐生のほうを向いていた。

「どんな関係？」

「柘植さんには関係ないです」

「そうか……」

少しさびしそうな顔は、穂乃香を申し訳ないような気持ちにさせる。

「上司です」

プライベートはどうであれ、今の立場はそうだ。

桐生からはいずれ親御さんにご挨拶をとは言われているけれど、具体的な話がまだ進んでいるわけではない。

「穂乃香、連絡先は変わっていない？」

「ええ」

「連絡する」

「しないで」

「そんなふうに、言わないでほしい」

とても切ない顔でお願いされると、穂乃香にはそれ以上何か言うことはできなかった。

穂乃香は待っている桐生の視線が気になってしまって、頭を下げて足早に桐生のほうに向かった。

今は、桐生の側に行きたかった。


姫宮商事ビルからの帰り道。たったワンブロックのその道のりを、桐生も穂乃香も口を開くことができない重苦しい空気のまま歩く。

行きはこんなふうになるとは思わなかった。

黙々と歩いてタワーに戻り、エレベーターに乗ると、桐生は屋上階のボタンを押した。

屋上はグリーンやベンチなどもある休憩スペースのようにもなっている。たぶん今の時間は人は少ないだろうと思われた。

桐生は黙ったまま、一番奥まで歩いていく。

何を言われたわけではないけれど、穂乃香も黙ってその後をついていった。

なんだか、こんな雰囲気の桐生を放っておくことができなくて。それに、もし誤解があるのなら解いておきたい。

今日会った柘植は、確かに過去にお付き合いのあった人だけれど、今はもう関係ないのだ。

何か言葉を発したわけではなかったけれど、二人で並んで屋上に備え付けのベンチに座った。

風がさらりと頰を撫で、並んで座っている二人の間を通りすぎ、穂乃香は切ない気持ちになってしまう。

（――お願い、なにか言って！　聡志さん！）

天気はとてもいいはずなのに、穂乃香にはその心地よさを感じることができなかった。


「悪い……」

桐生の口から漏れたのはそんな言葉だ。

「え……」

驚いた穂乃香が顔を横に向ける。

桐生は苦笑していた。

「そんな穂乃香の顔が見たいわけじゃない」

穂乃香の顔は少し青ざめて、固い表情をしていた。

配属された当初のように。

桐生は少し表情を和らげて、穂乃香の頰を指ですうっと撫でた。

「元カレなんだな？」

こくりと穂乃香は頷く。

「悪かった。俺にだって過去はあるのに……穂乃香のことに関しては余裕がなくなるみたいだ」

怒っていなかった……穂乃香は泣きそうな気持ちになりながらうつむく。

思わぬ邂逅《かいこう》ではあったけれど、穂乃香も望まぬ再会だったのだ。きっと桐生だって気分がいいはずがない。それでも悪かったと頭を下げてくれたのだ。

「ごめんなさい」

「そんなふうに言わなくていい。俺こそ悪かったな」

桐生はきゅっと穂乃香の頭を抱いて、自分の胸に引き寄せた。

(よかった、嫌われていなかった)

その安心感で、穂乃香は頭を桐生の胸に預ける。

「もう少し襟ぐりが深かったら牽制になったんだけどな」

「え？」

じいっと穂乃香を見ている目線を追うと、その桐生の目線の先は穂乃香の首の付け根だ。

桐生からは見えているらしい、先日桐生がつけたキスマークのある場所だった。

「もうっ！　聡志さんっ！」

赤くなった穂乃香はぷんっと顔を横に向ける。

「悪かったって。反省した。――俺たちは身体から始まってしまって、いろいろ誤解もあるんじゃないかと思ってる。俺は穂乃香のこと真剣に考えているんだ。見合いも進めたいと思ってる。穂乃香はどう思う？」

キッパリとそう言って、桐生がその整った顔で穂乃香のことを覗き込んだのだ。

穂乃香の胸はどきんと音を立てた。

確かに誤解はあったかもしれない。穂乃香だって身体だけの関係だと思ったのだ。けれどこうしてまっすぐ穂乃香の顔を覗き込んできて、こう伝えてくれる桐生の言葉に嘘はないと分かる。

（そして……この人どうしてこんなに綺麗な顔なの⁉）

柘植の優しい顔も確かに綺麗で悪くはない。

一般的には彼もいわゆるイケメンなのだろうが、穂乃香は端正という言葉がぴったりの桐生の顔立ちのほうが好きだ。

さらりとした黒髪と、きりっとした男らしい眉。その下の瞳はいつも宝石のようにきらきらしていて、そのうえ視線はまっすぐだ。

いつもその瞳で、穂乃香を見つめてくれる。

通った鼻筋と、少し薄めの唇。時にいじわるなことを言ったり、甘く自分を翻弄したりする。

（なにもかも、好き……）

「穂乃香……？」

　いけない、つい見とれてしまった。

◇◇◇

「見合い、進めたいと言ったのだが大丈夫か？」

　桐生が見合いを進めたいと言ったら、穂乃香が桐生を可愛い顔でじいっと見て、動きを止めてしまったのだ。

　まさか……ここでやっぱり無理とか言われたら、俺はどうしたらいいんだろう。

　それでも、こんなふうに見上げてくる穂乃香の顔には一切嫌悪などないように見える。

（何か言ってくれ）

「あ……私、もです」

　かろうじて、聞き取れるような声で穂乃香が桐生に言った。

　改めて見ると、穂乃香のその頬はピンク色に染まっている。

「はい」

「じゃあ、見合いはうまくいったから先に進めたいとうちの母や君の叔母さんに話をしたいんだが、大丈夫だな？」

今度こそ同意を得ているのか、桐生はしっかり確認する。

（確認は大事だからな！）

もう、前のようなお互いに気持ちがすれ違う失敗はしたくない。

先ほどの怒っているのとは違う顔の赤さで、穂乃香はこくんと頷いた。

「分かった。では今週末、うちに一度泊まりにおいで。で、週末指輪を買いに行こう」

「え!?」

「見合いを進めると言っただろう。だいたい、穂乃香は可愛すぎる。うちの部内でも穂乃香を狙っているやつらばかりなんだ。あと、もちろん会社でもきちんと発表するからな。今から穂乃香は俺の婚約者だからな」

いつもの仕事のようにテキパキと桐生は穂乃香に伝える。

「欲しいものは見送ると二度と手に入らない。それが俺の信条だ」

「確かにそうですね！」

きっぱりと言う桐生に、穂乃香はつられたように頷く。

あの、柘植とかいうやつを見ろ。未練たらたらじゃないか。手離すとそういうことになるといういい見本だと桐生は思ったけれど、言葉に出すのはやめておいた。

とにかく桐生にとっても、こんなふうに一緒になりたいと思った人は他にいないのだ。

だからこそ、今だと思ったこの時こそが「その時」なのである。

このスピード感と、今だという時を間違えないその感覚こそが、桐生がトップセールスたる所以《ゆえん》でもあった。

◇◇◇

その翌日のことである。

穂乃香が仕事を終えて自宅に帰ると、玄関にはいくつもの靴が揃えて置かれ、客間からはいろんな笑い声が聞こえてきた。

お客様なのね。ご挨拶をしなきゃ。

そう思った穂乃香は、聞きなれた声に一瞬足を止めた。

「あの、ただいま帰りました」

客間のふすまをそっと開ける。

「お帰りなさい」

いつもの母の柔らかい笑顔と、一度だけ見たことのある女性と叔母と、よく知る男性。

それは見れば分かる。分かるけれど、どうして穂乃香の家の客間にいるのか、頭がついていかない。

「さ、聡志さん⁉」

「お帰り。穂乃香」

穂乃香に向かってとんでもなく整った顔で笑顔を向けるのは、誰あろう桐生聡志その人である。

「あらやだー！　もう名前で呼び合っちゃったりしているのね？」

甲高くテンションの高い叔母の声だ。

母の嬉しそうな顔と、見たことのないよそ行きの表情の桐生と、叔母の友人である桐生の母親がにこにこしている。勢揃いなのだ。

（ど、どゆこと⁉）

きりっとしながらも柔らかさは崩さないその桐生の顔に、穂乃香は非常に戸惑いながらも見とれそうになった。

（聡志さん、お仕事の顔だわ）

感じが良くてまっすぐで、この人になら頼っても大丈夫と他人に思わせることのできる雰囲気。

どうぞどうぞと皆に言われて、お雛様のように穂乃香と桐生は二人で真ん中に並んで座らされた。

今日、桐生は直帰だとは聞いていたけれど、まさか自宅に来ているとは予想もしていなかった穂乃香である。

「確かにお見合いの件を進めるとは聞いていましたけど、うちにいらっしゃるなんて聞いてないわ」

少しだけ拗ねたように咎《とが》めるように穂乃香が言うと、桐生はそれを受け止めるように笑った。

「俺もそのつもりだったんだけど、うちの母と君の叔母さんが今日ちょうど会うというので早めに話をしたほうがいいんじゃないかと思ったんだ。驚かせてごめんな、穂乃香」

そのダダ漏れに甘い雰囲気。

（わ、わざとだわ……）

なぜかは分からないけれど、今、桐生は意図的にとてつもなく甘い雰囲気を出している。

会社にいる時とも、二人でいる時とも違う。

「そんなわけですので、本来なら日柄を選ぶべきかとも思ったのですが、ぜひともお話を進めさせていただきたく、先にご挨拶に伺いました」

淀みのない説得力のある話し方は、きっとプレゼンの時と同様だ。

（何を考えているんだろう？）

「何を考えているのかという顔だな？」

叔母と桐生の母は帰ると言うので、母は玄関までお見送りに行っている。穂乃香も席を立とうとしたのだが、二人でゆっくりしていらっしゃいと言われてしまったのだ。

だから自宅の客間に桐生と二人きりで座る、というなんとも言えない状況になってしまっていた。

どうにも気まずくて、穂乃香はどうしていいのか分からない。

「だって……それは驚きます」

桐生が話しかけてくれたので、やっと穂乃香はその顔を見ることができた。

桐生は仕事とは違うプライベートの顔だ。

少しだけ、穏やかで甘い顔。

さっきまではお仕事用の作った顔をしていたから、穂乃香は安心する。

「お仕事仕様だし……」

「まあ、それはな。仕事並みに気合いは入っていたからな。むしろ仕事より緊張したよ。新しい企画のプレゼンよりも緊張した。こっちは失敗できないからな」

そんなふうに感じながらも桐生がきちんと話を進めてくれているのが、穂乃香には嬉しい。

「同じ会社で、運命的にも俺のアシスタントだったことも話した。君の叔母さんは良くも悪くも女子だな。ずっとはしゃぎっぱなしだったよ」

　桐生は苦笑している。

　この雰囲気や顔立ちは、叔母だって十分に魅了しただろう。はしゃぎ倒す叔母の様子は、穂乃香にも容易に頭に浮かぶ。

（恥ずかしい……）

「ごめんなさい」

「いや。うちの母も喜んでいた。お父さんはお忙しいんだって？　両家の顔合わせは改めて、と言っていたな」

　本当に話が進んでいくんだなと思い、穂乃香は鼓動がどきどきと速くなってくるのを抑えることはできなかった。

「穂乃香」

「はい」

「改めて、俺と結婚してくれるな？」

「……はい」

第三章　溺愛宣言

　穂乃香の所属している営業部は、「営業部」として一括《ひとくく》りにはされているけれど、その内部は都市開発営業推進部、営業企画部、営業販売部、と細かくいくつかの部署に分かれていたりする。

　桐生が所属しているのは都市開発営業推進部だが、桐生の場合は関わっているプロジェクトによって席が変わる遊軍扱いでもあった。

　今回は一番大きなプロジェクトを抱えている部署に席を置いている。

　入り口近くのその席に、今日は久しぶりに朝から桐生がいた。

「おはようございます」

　出社して、挨拶した穂乃香を桐生が呼ぶ。

「穂乃香」

「はい」

　ふわりと自然に呼ぶのでつい反射的に返事をしてしまったのだが、目を伏せて口元を引き上げた桐生の表情を見て、会社でしかも業務中だった！　と気づいた穂乃香だ。

ものすごく動揺したけれど、知らないふりをして穂乃香はにっこりと隣の席の桐生に微笑みかける。

「桐生課長？　どうされました？」

「来週の案件の確認なんだが、資料は用意できそうか？」

「今、問い合わせの回答待ちです」

「回答がいつ来るか再度確認して、改めて督促《とくそく》してくれ。早めに確認したい」

「はい」

「あと金曜日なんだが、自宅に迎えに行くので出られるように準備を。多分俺のほうが遅くなるからな。君のお母さんには言っておく」

「はい？」

まるで業務の連絡事項のように言われたけれど、その内容は極めて、極めて！　プライベートな内容のような気がするのだが！

「週末の話だよ？」

一方の桐生は、当然分かっているだろうと言わんばかりの態度である。

腕組みをしてなぜ分からないのか？　という顔で首を傾げていた。すらりと長い脚を組んで椅子にもたれ、組んだ腕から見える指でとんとんと自分の肘上をたたいているのだ。

とてつもなく整った顔で笑って穂乃香を見ているけれど、正直何かを企んでいるとしか思えない。

「……あの」

「なんだ？　ああ、そうだな、部長にも話しておかなければいけないな？」

「ふぇ……？　は？」


「お前がそうやってふわんとしているから、早くハッキリさせてことを進めていったほうがいいと俺も今回学んだわけだな」

お見合いから桐生自身はその気だったのに、最初に穂乃香を抱いてしまって、しかも身体の相性が良かったからこそ誤解が生まれてしまった。

お見合いの前から桐生は穂乃香のことを好意的に思っていたし、あの時にセックスしたことは運命的で決定的だったと思っている。

なのにはっきり言葉にしなかったことによって、すれ違いが生じていた。

二人は身体だけの関係なのだ、という。

誤解があったうえに、取引先には桐生でさえも認めたくなるほどの男である元カレが海外から帰ってきていて、穂乃香にアプローチしようとしているのを目の前で見たのだ。

ふわふわとしている穂乃香は本当に可愛いけれど、他人に目の前でさらわれるようなことは絶対にごめんだ。

それに、ＹＳＰの件は今や桐生の中でトラウマとなっているのである。

――同じ轍《てつ》を踏んでたまるか。

桐生はシャツの袖を軽く引いて、時計を確認した。

「次のアポまではまだ時間があるな。よし、今のうちに話しに行くか」


（え!?　あの聡志さん、聡志さーんっ！）

まさか桐生がこんなにも余裕をなくしているなんて、穂乃香は夢にも思っていなかった。

そうして気づいたら、穂乃香は満面の笑みを浮かべる部長の前に座っていたのである。

先日、穂乃香の自宅に来た時と同じく、お仕事モードで部長に接している様子は、まるでお客様対応の時の桐生だ。

「いやー、それは運命的だねぇ……」

穂乃香の横で桐生はにこにこしている。

部長はとてもジェントルな人だと思っていたのに、頬を染めて「運命」を連呼するのは、正直に言うと、若干寒い……しかし、そんな部長にも一切表情を崩さない桐生はさすがとしか言いようがなかった。

「両家への挨拶は済ませていますので、結納とあわせて近日中に結婚式の日にちを決めたいと思っています。実質的に婚約状態になるので、部長にはいち早くご報告を、と思いまして」

「そうか、しかし……」

改めて、という感じで部長が二人を見る。

「君たちはとんでもなくお似合いだな」

「ありがとうございます」

「いや、本当におめでとう」

部長の前を辞した後、部署に向かう廊下を歩きながら、穂乃香は桐生の服の肘辺りをつん、と引っ張る。

「ん？　どうした？」

「なんだか、戸惑ってしまうんですけど」

「ふん……？」

桐生は穂乃香の手を引くと、近くのミーティングスペースに入った。

どうぞ、と言われて目の前の椅子をすすめられたのだが、なんだか面接のようで微妙に緊張してしまう。

そもそも桐生は上司なのだったなぁ、と改めて穂乃香は思った。

けれど、桐生は向かいには座らずに、穂乃香の横に座ったのだ。この距離感こそが今の二人の関係性なのだろう。

「穂乃香、見合いとはどういうものだ？」

「そうですね、結婚を前提にお会いするものかと」

「だな。俺が思いついたら即行動したいタイプなのは気づいているよな？　他にも理由があるんだ」

「はい」

桐生は優しく、穂乃香にも分かるように一つ一つ説明していく。

（あ、これ見たことあるわ……）

プレゼンしている時の桐生だ。

説得力のある話し方と、優しく強く相手に訴えかけるような雰囲気。

「営業ってのはやりがいもあるけどストレスやプレッシャーも大きいんだ。クライアントと噛み合わなくてイライラしながら帰ってきても、穂乃香が笑顔で『お帰りなさい』と言ってくれたらそれだけで癒される」

お仕事モードの桐生をうっとりと見ていた穂乃香は、改めてその内容を噛みしめて、驚いてしまった。

（これってすごく褒められているのかしら？）

「穂乃香は努力家だよ。受付の時も努力していたんだろう？　今も」

穂乃香が自分で鏡を見るのは、受付の時に感じよくしたいなと思っていたからだ。その時は笑顔などもすごく勉強したことには間違いないけれど。

「なに驚いた顔してるんだ？　お前、自分の可愛さに気づいているか？」

自分を磨くことはするけれど、持って生まれたものが見事ならば、そんな努力などする必要はない、と穂乃香は思っている。

だから、穂乃香自身はことさらに自分の容姿に自信があるわけではないのだ。

「あの……私、自分のことはそれほど可愛いとは思っていないんですけど。もっと綺麗な人ってたくさんいますよね？」

「そうだな。確かに整っているだけならな。けど、穂乃香の可愛さは一生懸命だったり、いつも笑顔でいたり、人によって態度を変えない優しさや……そういうところだ」

（そんなふうに見てくれていたなんて……）

穂乃香は泣きそうになる。

「私、聡志さんのお役に立てているなんて少しも思っていませんでした。いつも足を引っ張ってしまっているって」

「そんなことはないだろう。俺のほうこそ穂乃香がいないと困ることだらけだ。穂乃香がいなかったら社内メールも通達も放りっぱなしにしてしまいそうだし、経費精算なんて一生しないかもしれない。穂乃香は自分の役目は十分に果たしてくれている。しかも最近はデータ解析も少しずつできるようになってきてくれているだろう。目覚ましい成長をしている、俺の大事なチームメンバーの一人だぞ」

それをとても優しい表情で、穂乃香の顔をしっかり見ながら言ってくれたのだ。

出会った時の桐生からは考えられないような言葉だった。

「蔑《さげす》まれていたかと思いましたー」

「だから何でだ。あー、悪かったよ。俺の態度が問題なんだよな？」

「そーですよぅ。嫌われてるって思ってたもん」

使えない奴が来てしまったと思われていると穂乃香は考えていたのに。今くれた桐生の言葉は、心の底から嬉しい。

「俺は穂乃香は鍛えたらものになるって思ってた」

桐生の言葉は上司として、最高の言葉だ。

「早く言ってくださいよー」

「泣くなよ？」

「泣いてません。泣きそうなだけ」

絶対に仕事では見せない、甘くて優しい顔で穂乃香を覗き込んで、桐生はポンポンと穂乃香の頭を撫でた。

「認めてるよ。だから惹かれたし好きになったたし。俺は穂乃香が見合い相手だったから、話を進めようと思ったんだ。そもそも、相手がお前じゃなかったらこの話は断るつもりだったからな」

なのにお前は……とかなんとかごにょごにょ言って、桐生は少しだけ困ったような顔をしていた。

そして、きりりと顔を引き締める。

「いいか？　よく考えろよ？」

「はい」

「穂乃香は俺のことが嫌いか？」

改めて聞かれて穂乃香の口から本音がこぼれ出る。

「いえっ……え、と、大好き……」

それには一瞬桐生は目を見開いて、それから口元を少し緩めた。

「俺は将来有望だ。もちろんこの会社をクビになるようなことはないが、仮にクビになっても何としてでも食っていける自信はある」

その通りである。頷くしかない穂乃香だ。

「顔も、割と悪くないと思う」

「素敵です……」

「将来性があって見た目もそこそこで、身体の相性も悪くない。知っているよな？」

確かにその通りだけれどなんてことを、と頬を赤くした穂乃香がうつむいて頷いた。

「そうだな、さらに付け加えるなら……」

そこで、言葉を切った桐生は穂乃香の耳元に唇を寄せる。

「溺愛してやる。俺は徹底的にやる主義なんだ。穂乃香、知っているよな？」

穂乃香はくらりとした。

（い、今よりさらに⁉）

「どうする？」

自信満々なその姿に惹かれないなんてことあるのだろうか？

……いや、ない。

「やめるか？　きっと俺以上の男なんて現れないぞ。まだ戸惑うか？」

ここまで言われて、まだ戸惑うなんて言えない。選択肢なんてなかった。

「絶対やめない。もう、戸惑いません」

桐生のプレゼンは完璧だった。

そして、金曜日がやってきたのである。

桐生は宣言通り自宅まで穂乃香を迎えに来る。穂乃香も準備をして待っていた。

「よろしくお願いいたします」

笑顔の母に見送られるのも、穂乃香には少しくすぐったい。

「お預かりします」

好青年モードの桐生である。

桐生の愛車であるシルバーのアルファロメオの後部座席に穂乃香の荷物を載せ、するりと車は出発した。

桐生は繁華街に車を向けているようだ。

「お食事ですか？」

「いや。指輪だよ」

確かに買いに行くとは言ったけれども。

「今なんですか？」

「この時間だと貸切りで見せてもらえるというからな」

「は!?」

（貸切り!?）

「時間外だから融通が利くんだ。よかったな穂乃香。ゆっくり選べるぞ」

——訳が分かりません！

車をコインパーキングに停めた桐生は、そこから歩いてすぐのジュエリーショップに足を向ける。

金色できらきらとして、ものすごくゴージャスで背の高いドアにはドアマンまでいて、桐生と穂乃香にとても素敵な笑顔を向けたのだった。

「桐生です」

「お待ちしておりました。桐生様」

その人がドアを開けてくれると、お店の中には綺麗にスーツを着こなしている男女がいて、極上の笑顔で出迎えてくれた。

「いらっしゃいませ。桐生様」

このVIP待遇はなんなのだろうか。

穂乃香は戸惑うばかりだ。

「すみません。急なことで」

そう言って頭を下げた桐生にも、担当者らしき男性は笑顔を向けた。

「いえ。とてもおめでたいことですから」

店舗の中で指輪を見せてもらうだけなのかと穂乃香は思っていたのだが、さらに奥にと誘導され、個室に案内されたのだ。

部屋の中は高級そうなソファが置いてあり、クラシカルな雰囲気のテーブルには可愛らしい花が飾られている。

どうぞとすすめられて、ソファに二人で座った。

「桐生様、佐伯様、この度は本当におめでとうございます」

スーツの男性は丁寧に頭を下げる。

「ありがとうございます」

桐生は臆する様子もなく、担当者に笑顔を返した。

すると、先ほど店頭にいた女性のほうが、シャンパングラスとワインクーラーの載った銀色のワゴンを押して、部屋の中に入ってきた。

ぽん！　とフタを開けてグラスに注ぐと、パチパチと泡が弾《はじ》ける音がする。

グラスに入ったピンク色の液体は、見た目にも綺麗で可愛らしい。

「今日は車なんだが」

桐生がそう言うと、担当者の男性はにっこり笑った。

「はい。お車と伺っておりましたので、ノンアルコールでございます」

「へぇ？　ノンアルコールのロゼのスパークリングワインか」

グラスに注がれたピンク色のスパークリングワインを見て、穂乃香は笑顔になる。

「すごい。可愛いわ」

そんな様子を桐生は微笑ましげに見守っていた。

担当者が挨拶をして、名刺を桐生に渡す。

「本日はエンゲージリングのご入用と伺っておりますが、マリッジリングも併せてご覧になりますか？」

「ああ、そうか……結婚指輪もいるな」

「エンゲージリングと組み合わせても違和感のないものもご用意がございます」

「一緒に見ていくか。どのみち必要になるしな」

「はい」

穂乃香が頷くと、穂乃香の横についた女性が柔らかい笑顔を向けた。

つい、反射で笑顔を向けてしまう穂乃香だ。

「佐伯様、エンゲージリングのデザインにご希望はございますか？」

「あ、よく分からなくて」

「穂乃香、いくつか見せてもらうとイメージが湧くかもしれないぞ」

「そうですね。佐伯様はとてもお可愛らしい方なので、そのイメージでいくつかお持ちいたします」

「では、私はマリッジリングのカタログをお持ちいたします」

担当者が二人とも席を立つと、何となく微妙な雰囲気になり、穂乃香はシャンパングラスに口をつける。

「びっくりしました」

「俺もだな」

桐生は先ほどから当然かのようにサービスを受けていたので、穂乃香はその発言のほうに驚く。

「聡志さん、びっくりなんてしてたんですか?」

聞いた穂乃香がびっくりだ。

穂乃香が改めて見ると、確かに桐生は苦笑していた。

「部長からCEOに話が行って、CEOからお祝いのメールが来たんだ。指輪を買おうと思っているという話をしたら、ここを予約したと言われて。すごいなセレブって」

どうやら、榊原トラストのCEOである榊原貴広からの紹介だったようだ。

穂乃香はシャンパングラスを置いて、ふう……とため息をつく。

「驚きました」

「いい経験になったよ。まあ、うちのCEOには感謝しよう。あと穂乃香、いいのがあったら好きなように選べよ。遠慮はしなくていい。一生に一度のことなんだからな」

「はい。でも、おいくらくらいなんでしょう」

好きなようにと言われても、予算があるのではないだろうか。

「通常、給料三ヶ月分とか言うらしいけどな。そうするとなかなかのものが買えると思うぞ」

「予算は考えなくていいとか言うわけですね」

「見栄は張らせろ」

そう言って軽くシャンパングラスに桐生が口をつける様子はとてもセクシーだ。

（はー……本当に素敵なんだよなあ……）

仕草まで大人の色気たっぷりな桐生を、穂乃香はいつもついうっとりと見てしまう。

「お待たせいたしました」

女性担当者がビロードの布を貼ったリングピローにいくつかのリングを載せて、にこやかに部屋に入ってくる。

担当者は本当に予算に糸目をつけずにリングを持ってきた。

最初は、指の幅と変わらないくらいの大きなダイヤモンドのついたものを薦められたのだ。

「メインの石だけで一カラットございます。華やかで人気があるんですよ」

お値段としては、国産車一台分だ。それを見て震えが走った穂乃香は涙目で首を横に振る。

「こんなの会社につけていけません！　それにこれからだって、いつつけるんです？」

「遠慮はしていないな？」

「してません！」

担当者は残念そうだったが、確かに華奢な穂乃香の指にはダイヤモンドがアクセントとしても強すぎて似合ってはいなかった。

王道のワンポイントやサイドシェイプも見せてもらったが、ピンとこない。

「佐伯様は可愛らしいイメージのほうがお似合いになりそうですね。新作で可愛いデザインがあるんです。お持ちします」

そう言って女性が持ってきたデザインは、真ん中に大きな石がついていて、その周りに小さな石がぽちぽちとついている。まるで雪の結晶のようにも花のようにも見えるデザインだった。

キラキラとしていて華やかだけれど、穂乃香のイメージにも合っている。

「可愛いわ！」

初めて穂乃香が笑顔になった。

「うん。似合うな」

「こちらは周りの石と合わせて合計一カラットなんですけど、ひとつひとつが小さい分主張が激しくなくて、佐伯様にはこちらのデザインのほうがお似合いですね」

さすがに国産車ほどではないが、軽自動車なら買えそうな金額だ。

しかし先ほどの一粒で国産車一台のことを考えたら、これが安く思えてきてしまう。

金銭感覚がおかしくなりそうだ。

「じゃあ、これにしてもらおう」

それを包んでくれ、とさらりと言う桐生の感覚も穂乃香にはよく分からない。

「少々お時間いただければ、お合わせしますが？」

それには、ん？　と桐生が反応した。

「今日、持って帰れるのか？」

「はい」

「助かる。時間はどれくらい？」

「そうですね、二時間ほどもいただけましたら」

店の閉店時刻はとっくに過ぎてしまう。

「遅くなるだろう？」

「お早くお持ちになりたいでしょう？」

担当者も帰りが遅くなってしまうのでは？　と配慮を見せた桐生に、にっこりと笑顔を返したのはさすがだった。

そんな気遣いに、そのまま結婚指輪もこの店舗で購入することに決めた二人だ。

そちらはオーダーなので時間がかかる。結婚式まで預かってくれるサービスもあると聞き、桐生はそれを頼んでいた。


近くの店で食事をしたのち、先ほどのジュエリーショップに戻る。

「どうぞ、こちらでございます」

紺色のビロードの上に、キラキラと光る指輪が載っていた。

桐生がそれを手にする。そして、穂乃香の手を取って、左手薬指にそれをはめてくれた。

「外すなよ?」

「外しません」

穂乃香はとてもくすぐったくて嬉しくて、今すぐにでも桐生にぎゅうっと抱きつきたい気持ちなのだ。

お店の人がいなかったら、そうしていたかもしれない。

店を出て穂乃香は少しだけ考えて、隣に立っていた桐生の手をきゅっと握った。

ふっと笑った桐生が指を絡める。

「穂乃香。側にいてくれ。ずっと」

「……はい」

その甘くて密やかな、けれど心からの気持ちのこもった声は、きっと一生忘れない。

◇◇◇

車の助手席でも、穂乃香はつい左手を広げて薬指に見入ってしまっていた。

それを見た桐生が軽く笑いかける。

「気に入ったようで嬉しいよ」

「だってすごく可愛いんだもの。それにキラキラして綺麗だわ。婚約期間中だけなんてもったいないくらいです」

「好きな時につけたらいいだろう。結婚指輪とのアレンジもできるって言ってたぞ」

「そうしますね」

ふふっと穂乃香は笑う。そんな穂乃香を桐生は微笑ましそうに見ていた。

繁華街からさほど離れていない高層マンションの駐車場に車は入っていく。

（え？　このマンションなの？）

ここが榊原トラストの物件であることは穂乃香も知っている。榊原トラストの入っているタワーからも歩いて十分ほどの距離だろう。

タワーからもこのマンションは見えるんじゃないだろうか。

「ここなんですね」

「知ってると思うけど、一階にコンシェルジュが常駐してる。今日は駐車場から直接エレベーターに行くから顔は合わせないな。今度紹介する」

圧倒されるほどの高層マンションだ。コンシェルジュがいることも知ってはいるけれども、紹介する、と言われて、本当にこの人と結婚の話が進んでいるんだなと穂乃香は実感してきた。

結婚してほしいと言われ、側にいてほしいと言われて婚約指輪も買ってもらって、溺愛するとまで言われたのだ。

なんでもないような顔で穂乃香を部屋に案内してくれているけれど、穂乃香のほうは緊張してきてしまった。

そうしてどきどきしながら、ふと思いついてしまう。

（こんなふうにどきどきしながらこの人の隣にいたことがあるような女性も、今までいたんじゃないかしら？　スマートに部屋に案内したことも過去にあるかも……）

「間取りが合わなくて最上階ではないんだけど、角部屋ではあるから両隣は気にしなくていい」

「はい」

こんなこと考えてはいけない。だって幸せなんだから。

ふるふるっと首を横に振って、穂乃香はそんな気持ちを自分から追い出そうとした。

最新のＩＣキーでロックを解除した桐生がドアを開けてくれる。

「どうぞ」

「お邪魔します」

壁はほとんど白で統一されていて、床も明るめの色のため、実際より部屋は広く見える。大きな家具類はベージュやガラス製のものが多い。ところどころに黒の家具が配置してあるのはきっと桐生の好みだ。

「すごく、オシャレで素敵なお部屋ですね」

リビングに入った穂乃香の第一声だった。

「今は家具類もシングル仕様だけれど、家具は穂乃香の好みに変えていいぞ。むしろ、そうしてくれ」

二人でリビングのソファに座った。

好みに変えてくれと言われても……。穂乃香にはまるでモデルルームのようで完璧に見える。

「このままでも、素敵ですけど」

「いや、黒のサイドテーブルなんかは男っぽいし、ダイニングもガラス製って家族向けじゃないだろ」

言われてみればそうかもしれないが。

もしかしたら、桐生はシングル仕様のこの部屋を、二人の暮らしやすい部屋にしようと言ってくれているのではないだろうか。それならば、と穂乃香は口を開く。

「じゃあ、一緒に見に行きましょうか？」

「そうだな。じゃあ、明日は買い物だな」

「はいっ！」

こうして、これからいろんなことをこの人と一緒にしていくのかもしれない。

それを実感したら、本当になんだか胸がいっぱいになってきてしまった穂乃香だ。

そんな穂乃香の頬に桐生がそっと指で触れてくる。嬉しいから素直にすり、と手のひらに甘えてしまって、でもさっきから心にちょっとだけ引っかかっていることも聞いてみたい。

「ん？」

そんな穂乃香を察して、目を細めて桐生は首を傾げてくれた。

すっごく恥ずかしい気もするけど、こんな雰囲気なら聞いてもいいのかもしれない。

「すごく、素敵なお部屋なんだけど、いろんな女性が来たのかなって……」

桐生は一瞬だけ驚いたようになって、その後ふっと微笑んだ。

「まさか、妬いてる？」

「それは、少しは気になるから。聡志さん、自分でも言っていたでしょ？　モテないわけないと思うし」

「この部屋には誰も来てない。穂乃香が初めてだよ。部屋に呼ぶような付き合いの女性はいなかった。確かにモテないわけではないし、まったく何もなかったとは言わないけど、部屋には入れたことないな」

初めて。自宅に招待するような女性はいなかったと桐生は言っているのだ。そんな関係は穂乃香が初めてなのだと。

ここまで言ってもらえるとは思っていなかったので、穂乃香は緊張してきてしまった。

「私が初めて?」

「そう。どうした?」

「な、なんか緊張してきちゃいました」

桐生は穂乃香を見てくすりと笑う。

「穂乃香、左手を見てごらん?」

言われた穂乃香は素直に左手を見た。

左手薬指の指輪の宝石に部屋の明かりが反射して、きらきらっと輝く。改めて見ても綺麗なデザインである。

「それはなんだ?」

ソファの背もたれに肘をついた桐生は穂乃香にそう首を傾げて尋ねたのだ。

「婚約指輪……です」

「俺と結婚するのは誰？」

桐生はその穂乃香の指にすうっと自分の指を触れさせる。

「私、です」

「そう。穂乃香は俺のだ。それ、外すなって言ったよな？」

「はい」

「外さないで。いつでも俺のって感じさせてよ」

「っん……」

桐生は左手薬指をことさら意識させるように、ゆっくりと撫でた。

「ふぅん？　撫でただけなのに、そんな声出ちゃうんだ？」

「……っ、違っ、聡志さんが、そんなふうに撫でるから」

「そんなふうって？」

今度は左手を、口元に持っていって指輪の上からそっと唇をつけた。

穂乃香の手がぴくん、と揺れる。

大きな瞳が潤んでいた。

目線が絡まってゆっくりと指が口に含まれるのを、穂乃香はぼうっとしながら見ていた。

「あ、や……」

や、と言いながらも、その淫靡な光景から穂乃香は目が離せない。

指に舌が絡まる。舌の感触を穂乃香は背中をぞくぞくさせながら感じていた。そうして、指の間までそうっと舐められる。

時折、ちゅ、というリップ音が静かなリビングに響いた。

「ん……」

その音に恥ずかしくなってしまって、穂乃香は目を伏せて口元を手で覆う。

「穂乃香」

桐生に名前を呼ばれて、そうっと穂乃香は顔を上げる。

ソファの横にある間接照明の淡い光の中で、桐生は穂乃香に妖艶な顔を向けていた。

「目を逸らすな。俺がすることちゃんと見てろ」

こくっと穂乃香は頷いた。

(恥ずか……しい)

指が口の中に含まれている様も、その舌がゆるりと舐める感触も、指の間を桐生の舌が舐めるその様子も。

恥ずかしさと、それだけではない下腹部がきゅっとするようなもどかしさに、つい目を伏せてしまったら「逸らすな」と言われた。

こんなに丁寧に指を愛撫されたことはない。これだけでも、もどかしくてどきどきする。

しかも、舌をひらりと閃かせる桐生がとんでもなく扇情的で。

抑えることのできない声が穂乃香の口から漏れてしまった。

指に唇を触れさせていた桐生は、その唇を手首から肘、そして二の腕へと滑らせていく。二の腕の内側にはちゅっと一際響く音がして、強く吸われた感触がした。

「んっ……」

「ここなら、見えないから構わないだろ？　それともよく見えるところにつけようか？

穂乃香は俺のだって分かるように」

そう言ってきらりと目を光らせる桐生に穂乃香はどきん、とする。

その挑戦的な瞳はなんて綺麗なんだろう。

どこにだってつけて構わない。それが所有物の証になるなら。だって、穂乃香は桐生のものになりたいから。

「いっぱい、つけて？」

そのとろけそうな声に、桐生は笑った。

「いいよ。たくさんつけてやる」

桐生はそう言うと、ジャケットを脱いでネクタイを緩める。そしてシャツのボタンを外した。穂乃香はつい、その様子をじっと見つめてしまう。

「ん？　どうしたんだ？」

「その、服を脱ぐ仕草って……なんだか、とてもその色っぽい、と言うのか」

いかにもこれからします！　というその雰囲気に、むしろ穂乃香の鼓動は高まっていってしまう一方だ。

服を脱ぐ時の桐生はいつも穂乃香をまっすぐ見たまま、少しだけもどかしげで、すごく嬉しい。ジャケットを脱ぐ様も、特にネクタイを外すところは指の動きとか、緩く首をあおむける感じとか……エロすぎなのだ。

「ふぅん？　穂乃香、俺が脱ぐ仕草に興奮するってこと？」

（あの！　今のそのシャツ脱げかけの状態も鼻血が出そうですっ！）

こくこくっ！　と穂乃香は頷く。

シャツの隙間から見える綺麗な胸筋と腹筋が……もう、たまらない、と言うか。

くす……と桐生が笑うのにすら、もうどうしていいのか分からない。

「俺は、穂乃香を脱がせる時に興奮する。こうして……」

ニットの下から桐生の手がすうっと侵入してきて、肌に直《じか》に触れられる。穂乃香は背中の辺りがぞくんとした。

「ほら、軽く触れるだけでも穂乃香は、身体をぴくって揺らして」

そして、穂乃香の服を桐生がそっと持ち上げる。

袖を抜くために腕を上げると、そこで桐生は止めた。

「この状態って結構いいんだよ。縛っているわけじゃないけど、縛っている時に近い状況で、これも興奮する」

するっと、服を脱がせた。

そして、首元、鎖骨、胸……と順にゆっくりと指でなぞっていく。

うっとりと、そのくせ熱のこもった目でまるで視姦されるように見られるのは……正直、見られている恥ずかしさと相まって、穂乃香も興奮してしまう。

「なあ？　いっぱいいつけてって言ったよな？　覚悟しろよ？」

きゅっと口角を上げて笑う桐生は、とんでもなく魅力的なのだった。

桐生は穂乃香の身体中にキスを落としていく。

胸元にも、ウエストにも、背中にも、気づいたら太ももにまで痕がついていて、穂乃香の身体で桐生が口づけていないところはどこにもないようだ。

は……ぁっと桐生に耳元で深いため息をつかれて、穂乃香は背中がぞくんっとする。

「ん……」

「溺れそうだ、穂乃香」

溺れそうなのは穂乃香のほうなのに。

「もう挿れたい」

全身にキスをされて、穂乃香だってもう耐えられない。

「私も……」

俺のものだと強く言われて、触れていないところがないくらいにキスをされ、溺れそうだと告白されて、もう挿れてほしくておかしくなりそうなのだ。

穂乃香の両手をきゅっと握った桐生が、ゆっくり押し開いて入ってくる。

「あ……」

堪えきれない声が漏れてしまうから口元を押さえたいのに、両手をしっかり絡め合わせて握られているから、手を持ってくることができない。

「んっ、ん……」

「穂乃香？　どうした？」

入り口付近を緩く出し入れされて、もどかしい。

「あ、もっと……」

「もっと？　なに？」

「もっと、奥……」

「分かった。すごく、気持ちよくしてやる」

え？　と思ったら桐生はぐっと奥に身体を押し進めた。

まったく乱暴ではない、むしろそのゆっくりとした動きは、今桐生が穂乃香のどこにいるのかすごくよく分かって、穂乃香はくらくらする。

「穂乃香っ、せま……」

「んっ……んぁっ！」

ぐっと、強く奥にまで入ったのが、触れ合う肌から分かった。

「いちばん、奥だよ……分かるか？」

分かる。奥の何かに、こつこつっと当たっているような感じがするから。桐生は自身を抜かないで、そこに何度も何度もゆっくりと当てる。

それとともに、桐生の剛直が穂乃香の内壁を何度も緩く擦る。内部を擦られる気持ちよさと奥をとんとんされる気持ちよさが重なって、腰から下がとろけそうだ。

あまりの気持ちよさに、中がきゅうっとして桐生を離すまいとしどけなく絡みついているのも、自分で分かる。

「あ……、や、やだっ！　待って、無理です！　ん、無理っ！　だめ！」

感じたことのないその感覚に、穂乃香は気持ちいいのだけれど、気持ちよすぎてどうしたらいいのか分からなくなってきた。

この感覚は初めてだ。

緩く行き来するだけの桐生をひたすら感じてしまって。奥も中も、ひたすら気持ちよくて。

「しー……大丈夫だよ。無理じゃない」

「……っでも、でも、おかしくなりそう……」

泣きたいわけじゃないのに、穂乃香は目に自然と涙が浮かんでしまう。

「なっていい。多分おかしくなるよ。それくらい気持ちいいから」

何度も緩く奥を突かれているうちに、穂乃香の内股が細かく震えてきた。

ゆっくりとした桐生の動きは、そんな自分のはしたない感覚さえ、つぶさに穂乃香に伝える。

強く緩く突かれる奥と、優しく擦れる中との刺激で、穂乃香は甘えるように桐生に腰を擦りつけていた。

桐生の動きに合わせて、下半身から聞こえてくる水音がとても恥ずかしくて、穂乃香の全身がさらに敏感になる。

緩く突かれながら、穂乃香の肌に触れる桐生の指や唇に、普段よりもことさらに反応してしまう。

胸の先の色づいたところに触れる舌の感覚とか、その先端を摘むようにする指先とか、全てに感じてしまって、穂乃香は自然に腰が揺れてしまうのを止めることはできなかった。

桐生の動きは激しい動きではないのに『すごく、気持ちよくしてやる』の言葉通り、奥をとんとんされると、とんでもなく気持ちいい。

その気持ちよさが下半身をぐるぐると渦巻いて、桐生を締めつけながら高みに登ろうとしているのを穂乃香は感じた。

それは今まで経験したことがないくらいの高揚感で、その未経験の感覚に穂乃香は怖くなる。

「んっ……あ、やだっ！　おかしい、おかしいの、聡志さぁんっ！」

必死で穂乃香は桐生にしがみついた。

「ん……俺もすっげぇ気持ちいい」

顔を撫でた桐生の手に、穂乃香は安心して顔を擦り寄せる。

その仕草を見て、桐生はふ……と笑った。

そんな表情で見られたら、気持ちいいのと、愛おしいのと大好きなのとおかしくなりそうなのと、もういろんな感覚がごっちゃになって押し寄せてくる。なのに、ただひたすら穂乃香は必死で桐生を見つめることしかできない。

「っあ、あ……も、だめ」

「うん、俺もおかしくなりそう。ゆっくりだから穂乃香の中が絡みついて、逃がすまいとしてすごく可愛い。こら。ほら、そうやってまたっ……！」

「あ、いく……いっちゃうっ……」

「っ……穂乃香、穂乃香、いって。んっ……やば、中すご……」

「んっ、あ、あぁぁっ、やぁんっ！」

穂乃香の太ももが細かく痙攣をして、中がひどく収縮したのが分かる。

桐生はそんな穂乃香の動きを味わうように見守るように、強くぎゅうっと抱きしめてくれていた。

穂乃香も桐生の背中に手を回してぎゅっと抱きつきながら絶頂に達する。

それは味わったことのない感覚だった。

桐生自身は、まだ硬度を保ったまま、穂乃香の中にいた。

「穂乃香？」

「んっ！　だめ、まだ動かないで？」

それには桐生は笑顔を向けた。

「奥、気持ちよかっただろう？」

「うん。でもっ……あ……」

桐生が少しでも動くと、抜こうとするその動きにすら絡みついて、まだ感じようとする。こんなに自分がはしたないなんて思わなかった。

「お願いっ、動かないで？」

「奥で中イキすると何度もイケるんだって。穂乃香、もう一回イこうか？」

「や、無理、もう無理っ……！」

「可愛いなぁ。もう一回、イけよ。一回じゃなくても、何度でも」

先ほどまでの緩い動きはなんだったのか、と思うくらいの激しい動きと、身体を入れ替えたり後ろから浅く揺すられたり、正面から深く突かれたりしているうち、穂乃香はもう何度イったのかも分からなくなった。最後はほぼ意識をなくすように絶頂を迎えた気がした。

◇◇◇

「あ！　あぁぁぁんっ！」

随分激しくイったな……と思うと、ソファにくたりと穂乃香が倒れ込んでしまった。

しまった！　やりすぎた！　と桐生は焦ったが、よくよく見ると、穂乃香からは、すう……と寝息が聞こえてくる。

達して軽く気を失ったあと、そのまま眠りに引き込まれたようだ。

二人とも下半身はベタベタだったので、軽く身体を拭いて穂乃香を抱き上げると、桐生は寝室のベッドにそっと下ろす。

寝顔すら可愛い。

さらりとその頬に触れて桐生はリビングに戻り、ソファを軽く拭いておいた。

桐生がシャワーを浴びて寝室に戻ると、穂乃香は布団にくるんと丸まっている。何も着ていない無防備な姿は本当に天使のようだ。その真っ白な肌にところどころ残る赤い痕はその肌が無垢な分、淫靡にも痛々しくも見える。

それでも桐生は痕を残さずにはいられなかったし、こうして見たって後悔はしていない。

多分玄関まで行けば穂乃香の服があると思うが、さすがにそれは面倒だ。桐生は自分のパジャマの上を穂乃香に着せかけておいた。

そうして布団に入る。布団の中は穂乃香の体温でほんのり温まっていた。

たったそれだけのことなのに幸せに思うなんて、ずいぶんと穂乃香にはまりこんでしまっていると自覚はある。

もちろん今までは結婚などしたいと思わなかった桐生が、結婚という名の契約で縛りつけたいと思うくらいの相手だ。

ベッドの中で後ろからきゅっと穂乃香を抱きしめると、くるんと寝返りを打って穂乃香は桐生に擦り寄ってきた。

寝ているはずなのに、無意識のそんな行動すら可愛い。

「違いますぅ……こっちですー」

(ん?)

「桐生課……長、資料……」

ぷっ……と桐生は噴き出した。

「まったく、お前は夢の中まで仕事してんのか?」

よく見ると、穂乃香は眉間に軽くシワを寄せていた。桐生はその額に軽くキスをする。

「佐伯さん、ありがとうな。でも、お前ももうすぐ桐生だぞ?」

「ん……」

穂乃香の表情がふわん、と緩んで寝息が深くなったのを確認してから、桐生は改めて穂乃香をしっかり抱き込んだ。

ぬくぬくとしたその温かさと腕の中の愛おしいその存在を感じて、いつの間にか桐生は眠ってしまっていた。

◇◇◇

休日は目覚ましに頼らない分、自然と目覚めるのが心地良い。これが休日の醍醐味なのだと穂乃香は思う。

ゆっくりとまどろみから目が覚め、ぱちっと目を開けた瞬間、見慣れない景色に穂乃香は一瞬戸惑った。

そして、理解した。

（ここ、聡志さんのお家だ……）

白い壁とそこにかかったオシャレなリトグラフ。室内のシンプルな装飾が目に飛び込んできた。

そして、昨日からのことも。

指輪を贈られて、側にいてほしいと言われて、気持ちよくしてやる……とか。

確かにその通りだったのだけれど。陽の光の明るい中で思い出したら、恥ずかしくて仕方ない。確かに、気持ちよかった。

どうにも身体の相性の良さは否定しきれない。だからこそ、意識をなくすような勢いで眠ってしまっていたのだと思うから。

穂乃香のその左手薬指にキラキラ光る指輪と、自分をふわりと後ろから抱き込んでいる腕が、同時に目に入ってきた。

いつの間にか、穂乃香は桐生のパジャマを着せかけられていて、それもくすぐったくてなんだか嬉しい。

そういえば、昨日はソファで抱かれていたのに、いつの間にかベッドに移動しているし、恐らくはベタベタだったはずの身体も、心なしか綺麗になっている気がする。

「んっ……、穂乃香？」

耳元に甘く響く大好きな人の声。そうして、穂乃香は桐生にきゅうっと抱き込まれた。

「何時だ？」

穂乃香が軽く首を動かすとベッドの横のサイドテーブルに、大きなデジタル時計が置いてあるのが見える。

「七時……半くらいかな」

「んー、迷うな。二度寝か、起きるか……」

後ろから抱き込まれて耳元に響く声に、穂乃香はきゅんとする。

ころん、とひっくり返って桐生のほうを向いた穂乃香は、さらにどきん、とした。

やーん、聡志さん朝からとろけそうに色っぽいよー。

緩く眠そうな顔なんて、仕事中には絶対見られないし、気だるげに髪をかきあげるのも、たまらない。

「おはよう、穂乃香」

「おはよ、聡志さん」

あと、上半身パジャマ着てないのセクシーすぎでしょ⁉

素敵すぎる婚約者の姿に、つい穂乃香はきゅうっと抱きついてしまった。

「んー？　どうした穂乃香？　誘ってるのか？」

「だって、幸せなんだもん」

「出かけないつもりか？」

目を細めて微笑む桐生は、穂乃香がどうしたらいいのか分からなくなるくらい、魅力的だ。

「出かけたいけれど……」

「イチャイチャしたい？」

「穂乃香のエッチ」

いたずらっぽく顔を覗き込まれて、頬をつん、とつつかれる。

「……っ違、言ってないよ、そんなこと」

その時、桐生の表情がふわりと、とても幸せそうに緩んだ。

「どうしたの？」

「穂乃香、気づいていないのか？」

「え？　なあに？」

桐生はとても嬉しそうに穂乃香を抱きしめる。

「敬語、使ってないんだよ。昨日から」

「あ……あれ？」

「いい。甘えてるみたいに話すんだな、お前は。すごく可愛いから、そのままでいい」

まったく気づいていなかった。

改めて気づくとくすぐったいような気持ちになる。

昨日から穂乃香は桐生に、こんな気持ちばかりもらっていると思うのだ。

「ねえ？　聡志さん？　どうしてパジャマの上を着てないの？」

「穂乃香が着てるから。さっきからちらちら胸が見えてて、俺がつけた痕も見えてて、いい景色なんだよな」

「もう！　聡志さんのエッチ……」

先ほどの仕返しだ。

「まあ、それについては否定はしない。証明されたい？　穂乃香？　朝からこんなふうに抱きついてきて可愛い顔して甘えた声出して、俺が黙っていられるとでも？」

「え？」

獰猛《どうもう》な目つきの桐生がぺろっと舌舐めずりするのを見て、穂乃香には抵抗することなんてできなかった。

（むしろ……食べられちゃいたいくらい……というか）

明るくて恥ずかしいどころか、そこでまた散々甘い声を上げさせられた穂乃香なのだ。

◇◇◇

駅前の複合ビルの中である。

天井までの大きなガラス張りの窓から外が見えるレストランで、ブランチ……というよりは普通のランチをいただきながら、穂乃香は少しだけ膨れていた。

朝は危うく今日は出かけることなんてできなくなるくらいまでされてしまうところだったのだ。

「拗ねてるところも可愛いぞ」

目の前の料理を綺麗な仕草で口に入れながら、桐生はくすくす笑っている。

「だって……あんなに……」

「結局もっと、とかねだったのは穂乃香のほうだったような」

「聡志さん！」

（そ、そうかもしれないけど、そうかもしれないけど！）

目の前の桐生を見て、穂乃香はまたどきどきしてきてしまう。

冷静に考えたら、プライベートの桐生を見るのは初めてなのだ。

いつもはぴしっとスタイリッシュにまとめられている髪も、休日はラフな感じで、ふんわりと下りている。

私服もシンプルな分、桐生の端正さが際立っているような気がするし、気のせいでなければレストランの中の女性の視線を集めているような気もするのだ。

食事を終えて会計を済ませると、穂乃香は桐生のジャケットの袖をきゅっと握った。

「どうした？」

「なんでもないです」

この気持ちはなんなのだろうか。

もやもやする。

「手、繋げばいいだろ。ほら」

桐生のほうから屈託なく手を伸ばされて、穂乃香はその手を握る。

大きくて包み込まれるような手のひらに、安心した。


食事をした駅前の複合ビルの中には、家具や雑貨、アパレルやレストランまであらゆる店が入っている。

「何見に行きます？」

「とりあえず、家具とか見てみるか？」

食事を終えた二人はビルの中を歩き出す。端正な美形と、とびきり美人の組み合わせは控えめに言っても目立つのだ。

まず家具を見に行った二人なのだが、そこへするりと店員が寄ってきた。

「なにかお探しですか？」

「うん。今度結婚するので部屋の中に置く家具を替えようと思っていて」

「それはおめでとうございます！」

完全に食いつかれた形なのだが、それには桐生は逆らえない笑顔を返す。

「彼女の意見も聞きたいから、今日はまず見るだけにしておきます。また、ご相談したくなったら、お声をかけますから」

暗に近寄るな、と言っている。

かしこまりましたと言って店員が笑みを残しつつ去ったのを見て、穂乃香は桐生に見とれてしまった。

どうしよう、聡志さんがなにしても素敵すぎるんですけど！

二人でゆっくり家具を見て回った。

「今のお家のソファ、すごく素敵ですよね」

インテリアショップに置いてある家具はもちろんオシャレなのだけれど、それに負けず劣らず桐生の部屋も素敵だった。

和風で古い造りの穂乃香の家と違い、桐生のマンションは最新のデザインで、とてもスタイリッシュなのだ。

「ああ、あれは割と気に入ってるな」

「今のインテリアも素敵だし、替えなきゃダメ？」

桐生の部屋には昨日初めて入ったけれど、部屋は家具の色も配置も計算され尽くしていて、穂乃香が触れるところなんてないような気がした。

「無理しなくていいが……穂乃香が替えたいと思ったら好きなようにして構わないし、むしろそうしてほしい」

「ありがとう、聡志さん」

穂乃香はにこっと笑って、桐生の顔を覗き込んだ。

やはり昨夜思ったように、二人で将来を過ごすことを桐生は考えてくれているのだ。

それが嬉しくてつい、穂乃香はにこにこしてしまう。

（――婚約者が素敵すぎるっ！）

心の叫びは穂乃香のものだけでなく、桐生のものでもあった。

「あと、穂乃香が家に泊まりに来ても困らないように少し買い物しておくか」

「あ、それはぜひ!!」

その後は雑貨屋に立ち寄り、シンプルなデザインのマグカップや、手触りのいい部屋着などを見て回る。

意見が合ったり、こっちのがいいとかこれは穂乃香に似合うとか、二人であれこれ話し合うのも楽しかった。いろいろと買い回り、そこそこの荷物の量になる。

はしゃいでいたので穂乃香は気づかなかったけれど、もう夕方近い時間になっていたのだ。

「少し休むか」

「うん」

ビルの中にはテラスが開放されたフードコートがある。テラスにはグリーンが配置されていて、屋外にも飲食スペースのある、なかなかに良い雰囲気の場所だった。

「素敵なフードコートだわ」

「ここは割とこだわったからな」

「え？」

その桐生の発言に、つい穂乃香は振り返ってしまった。

桐生は笑って髪をかきあげている。

「トラストの物件だぞ。ここは。俺が企画も携わった」

「そうなのね……」

そうして改めて言われると、なんだか感慨深い。

ここにいるこの人がこの場所を作った。

「たくさんの人が楽しそうにしているのを見るのは悪くない」

その桐生の笑顔は穂乃香の胸をきゅっと締めつけた。誇らしそうな表情にもどきん、とした。

(――私、この人がとても好きだわ。好きになれて、出逢えてよかった)

穂乃香は心から思った。

フードコートは高層階でガラス張りになっているから外が見えるし、パラソルのかかった椅子とテーブルはゆっくりできそうで、ところどころに配置されているグリーンはとても落ち着く。

ここのビルのフードコートにはたくさんのお店があって、穂乃香は選ぶのも目移りしてしまった。

「どれも美味しそう」

「シェアしてもいいけどな」

少し迷って、穂乃香はフルーツティーを選んだ。

カットされたフルーツが入っている紅茶は口当たりもさわやかで穂乃香は大好きなのだが、そのドリンクスタンドには列ができている。

「買ってきてやる。穂乃香、疲れてるだろ?　座って待ってろ」

「私、一緒に行くよ?」

「朝、疲れさせたのは俺だからな。いいから。普段は俺に気を使ってるんだから、こんな時くらい、甘えろ。穂乃香はここで席をキープする係だ」

笑顔の桐生に逆らえるわけもなく、すとん、と穂乃香は空いている席に座らされてしまった。桐生はドリンクスタンドの列に並びにいく。

桐生の何気ない気遣いや優しさを穂乃香は嬉しく思って、携帯を手に取った。

「あの人、すごいイケメン！」

そんな声が聞こえてきて、穂乃香は顔を上げた。

近くの席の女性たちが指を差しているのは、ドリンクスタンドに並んでくれている桐生だ。

「えー？　どれ？」

「あそこに並んでる紺のジャケットの人、うわ！　こっち見た！」

「顔小っさい、背ぇ高い……。俳優さんみたい。カッコいー」

桐生が穂乃香をちらっと見たから、近くの席にいた女性たちがはしゃいでしまう。

なぜだか、とてももやもやする……

（私の聡志さんなんですけど！）

——私の？　いや、そんなふうに言っていいのかしら？　嫌がらないかな？

穂乃香は桐生に『俺のものだ』と言われることは嬉しいけれど、果たして桐生はどうなのか？

そんなことをいろいろ考えていると、飲み物の入ったカップを持った桐生が、穂乃香のほうに歩いてくるのが見えた。

あ……と思うと、一人の女性が桐生に声をかける。

桐生はカップを軽く持ち上げて、何か話していた。座っている穂乃香は、気が気ではない。

「ねぇ、君？」

「え？」

不意に横から男性に声をかけられて、穂乃香は顔を上げた。

「すごく可愛いけど、一人なの？」

（私、今それどころじゃ……あれ？　聡志さん、どこいっちゃったの？）

目を離した隙に桐生の姿が見えなくなって、不安に顔を曇らせる穂乃香だ。

「どうしたの？　大丈夫？」

穂乃香に声をかけてきた男性は、顔を覗き込もうとする。

（――あの……邪魔だわ）

「穂乃香？　どうした？」

穂乃香の目の前のテーブルにドリンクを置いて、桐生はふわりと穂乃香の頬を撫で笑顔を向ける。

「何かあったか？」

「聡志さんっ！」

穂乃香に声をかけていた男性は桐生を見て、そそくさとその場を後にした。

「あら……あの方、よかったのかしら」

「いいだろ。ナンパしようと思ったんだろう」

「ナンパ……」

「なんだ？　初めてでもないだろうに」

桐生にしてみれば、穂乃香が今まで声をかけられることがなかったとは思えない。

「そうか。私ナンパされていたのね、今まで」

「は？」

「なんか、いつも知らない人に声をかけられるなあって思っていたの。そうかー、なるほど」

そういえば、待ち合わせ場所にいる時も『お時間ありますか？』とか声をかけられる。時間はないから『ないです』と返事していたけれど、あれもナンパだったのだろうか。

他人に時間があるか聞く趣味の人がいるのかと思っていた。それくらいよく遭遇していたから。

友人と食事に行っても知らない人によく声をかけられる。あれもごちそうする趣味があるのかと思ったがどうやら違っていたらしい。

（なるほどねー、ナンパっていうのはお茶でもいかがですか？　とかそういうのだけじゃないわけね）

納得するように、こくこくと頷いている穂乃香を見て、桐生が不安そうな顔をしている。

「いつも？　穂乃香、いつも声かけられるのか？」

「ええ。お友達とお食事に行くと必ず。知らない人に声をかけられるのは嫌だし、中にはお金払ってくれようとしたり、何か飲むかとお友達との会話を邪魔されたり、すごく嫌だわ」

払ってくれなくても自分で出せるし！　って思うし、友人と楽しく会話しているのに、何か飲むかとか、よければごちそうするとかすごく鬱陶《うっとう》しい！　と穂乃香は思う。

「穂乃香、まさかついていったりは……？」

不安そうな顔で桐生に覗き込まれて、穂乃香は頬を膨らませる。

（人を知らない人についていっちゃう子供みたいに！）

「しませんよう。子供じゃないもの。それに、聡志さんだって……」

穂乃香は言葉を切る。それを言うなら先ほどの桐生もである。

「なんだ？」

（――聡志さんだって、聡志さんだって知らない女性に……聡志さんは私のなのに！）

「ん？　何か言いたげだな？　怒らないから言ってみな？」

言いづらかったけれど、優しく桐生に促されて穂乃香は口を開く。

「女性に声をかけられてたわ。私、なんかもやもやしたもの。私は聡志さんのものだけど、聡志さんも私のだわ」

言いたかったことを頑張って一気に言い切った穂乃香だ。やり切った感がすごい。

頬が熱かったからすごく赤くなってしまっているかもしれない。

ふぅ……と桐生からため息の音が聞こえた。

「穂乃香、必要なものは買ったよな？」

「うん」

「帰るぞ」

桐生は穂乃香に手を差し出した。

穂乃香の顔もきっと赤かっただろうけど、手を差し出してくれた桐生も少し赤い顔をしていたような気がした。

第四章　ライバルは戦友

別に桐生が望んだわけではない。むしろこんな状況は回避したかったくらいだ。

なのに、なぜ、こんなことになったのか。

ことの起こりは、取引先である姫宮商事から連絡があったことだった。

先日までは仮で帰国していた柘植である。彼が正式に副部長となり、このプロジェクトの責任者の一人に就任した。ついてはプロジェクトの円滑化のため懇親会をしましょうという連絡があったのだ。

ぜひ、先日ご来社いただいたアシスタントの佐伯さんもご一緒にお願いいたします。

そう言われて断ることができなかった。

懇親会は姫宮商事と榊原トラストだけではなく、プロジェクトに関わる他の会社のメンバーも来るので、とまで言われては桐生に逃げ道はない。

だから桐生は本当は嫌だったけれど、やむなく、やむなくメンバーの他に穂乃香を同席させることにしたのだ。

当日、桐生は普段のスーツの中でも少し光沢のある素材の華やかなものを着ることにする。

濃紺のそれはパーティや懇親会、華やかな場でとても映えるのだ。それに淡いパープルのシャツと濃い藤色のネクタイを合わせた。

ベストのほうにポケットチーフを入れておいて、会社を出る前にジャケットのほうに入れ替えようと考える。

それだけでも、かなり華やかな雰囲気になるからだ。

桐生の部屋のウォークイン・クローゼットは突き当たりの壁が全面鏡で、そこで全身をチェックできるようになっていた。

オーダーのスーツはぴたりと綺麗にフィットしている。仕上がりは十分に満足いくものである。

けれど、ふと見まわした部屋の中はなんだかさびしい。

先日まではなかった感情だ。

穂乃香が数日家にいただけ。なのに、もう不在にさびしさを感じるのだ。

早くここに穂乃香にいてほしいと思う。できれば、穂乃香にもそういう気持ちになっていてほしいと思いながら、桐生はバッグを持ち、自宅を後にした。

「おはようございます」

早くから出勤している桐生には気を使わずに、通常通り始業時刻の出勤でいいと穂乃香には伝えてある。

だから、朝は少し桐生より遅れて出勤してくる穂乃香だ。

「おはよう。悪いな佐伯さん、今日はよろしく」

いつも通りの挨拶。

それに返す穂乃香の返事もいつも通りのものだ。

「いいえ。お役に立てるといいんですけれど」

そう言って、穂乃香はにこっと笑い薄手のコートを脱ぐ。

コートを脱いだ穂乃香の姿に桐生の目が見開かれて、軽く口元が笑みを形作っていた。

穂乃香は淡いパープルのジャケットと濃紺のワンピース姿だったのだ。

「あれ？　桐生課長と佐伯さん、お揃いなんですか？」

「え？」

「本当だ」

周りがざわざわと騒ぎ出す。

「偶然だな」

「そうですね」

桐生の言葉に穂乃香は冷静に笑って首を傾げる。実際、服が似てしまったのは偶然なのだ。

とはいえ、この営業部は優秀な人材の集まりだ。優秀な人材、というのは広くアンテナを張っていることが多く、つまり言い換えれば物見高いとも言える。

一言で言えば、目ざとい。

女性ならばなおさら。

「穂乃香ちゃん、指輪？」

「本当だ！　しかも左手薬指だ！　キラキラしてるー！　可愛い」

左手薬指の指輪が見つかってしまい、急に注目を浴びて戸惑ってしまった穂乃香は、先ほどの冷静さをもう失くしている。

慌てて右手で指輪を隠そうとするのだが、肉食女子がそれを許すはずもない。

「見たいなあ～」

いつもなら『そろそろやめておけ』と桐生が注意するところだが、今日に限っては突っ込みを入れない。

部長には報告してあるけれど、はたして部内で言ってしまって良いものかどうかと、穂乃香は迷っているように見える。

目で救いを求めるように桐生を見る穂乃香に、桐生は笑顔を返した。

「穂乃香？　見せてやればいいんじゃないか？」

大きな瞳がこぼれ落ちそうだな、と思っていると、穂乃香は瞬間湯沸かし器のごとく一瞬で真っ赤になり、

「さ、聡志さぁん……」

と情けない声を出して、きゅうっと桐生のスーツの肩を掴んだ。

(それ、可愛いだけなんだがな)

立ち上がった桐生は笑ってポンポンと穂乃香の頭を撫で、顎を落としそうな表情で注目しているメンバーに向かって、この上ない笑顔を披露したのだった。

「ま、そういうことだな」

どわーっ!!　と部署内が大騒ぎになる。

時任が桐生に詰め寄った。

「だって、興味がないとか！　今までだって桐生課長はそんなことなかったじゃないですか!!　安パイだったくせにー！」

「お前、微妙に失礼だな」

「時任くん、冷静に考えてみて。桐生課長は確かに今まで恋愛に関してはヘタレだったけど、それ以外は普通で考えたら相当なハイスペなのよ」

言いたい放題だ。

「それに先日くらいからなんか雰囲気違ったじゃない。付き合っているかもとは思ったけれど、婚約までとは……」

（本当にこの部署の人材は……）

――俺は褒められているのか、けなされているのか。

それは部長が「えーと、朝礼していいかな……」と言うまで続いたのだった。

◇◇◇

「桐生課長、少しお時間よろしいですか？」

穂乃香が桐生に声をかけた。桐生は腕時計をちらりと見る。

「二十分以内だ」

「分かりました」

それは仕事中なのだからある意味当然ではあるのだが、チームのメンバーの目の前にいるのはいつも通りの二人だ。

穂乃香は桐生を資料室に引っ張り込む。

「穂乃香、積極的だな……」

「からかっている場合じゃありません。……あんなっ、あんな急に」

動揺して慌てている穂乃香に、桐生は余裕たっぷりの笑顔を返す。

「だいたい指輪を見られたら、あんな騒ぎになることは想像できただろう」

「でも、思っていた以上だったんだもん」

敬語が取れたことに気づいて、桐生は穂乃香を近くの本棚に囲い込む。

「俺はああなることは分かってた。穂乃香、わざとだ」

最近よくある『俺のだ』という発言や、今回のような行動には、桐生の穂乃香への独占欲を感じる。

今も。

穂乃香は桐生を見上げた。突き刺さりそうなくらいにまっすぐで、力のある瞳が穂乃香を見ている。

揺るぎのない視線だ。

誰にも渡さないと言いたげな、そんな目で見られたら、動けない。

独占されたい。この人に。束縛されて、縛りつけられてしまいたい。

そんなふうに思うのはおかしいだろうか。

独占欲を隠しもしない桐生に穂乃香はどきどきするのだ。

桐生は言葉を続けた。

「今日の服は偶然だけれど、揃いならかえってよかった。穂乃香、お前目立つんだよ」

穂乃香は首を傾げる。

「目立つのは聡志さんでしょう？」

「穂乃香も十分目立つんだって。うちの部署の男どもも声をかけたくて仕方ないふうだったし、食事をすれば、レストランの客の注目を集めているし。待たせておけば、男に声をかけられているし」

（それ……なんだか、そっくりそのまま返したいような気がする）

「信頼はね、しているよ」

近くで見上げる桐生の顔が苦笑していた。

「今までだって、ついていったことはないんだろうしな。ただ……」

強く抱きしめるでもなく、桐生は穂乃香を自分の腕の中に囲いこんだ。桐生の整った顔の距離が、近い。

「穂乃香は俺の、だ」

囁くような声に穂乃香の胸はきゅんとした。

穂乃香は桐生の顔を両手で包み込む。

「私は聡志さんのです。知っているでしょ？」

「知ってるよ」

すうっと桐生が穂乃香の耳に顔を近づけた。

「好きなんだ」

その囁くような声に、穂乃香は胸がぎゅうっとつかまれるような心地がする。

その『好き』は穂乃香が思っていたよりも、とても純粋な響きで耳に届いた。

穂乃香はくらりとして、目の前の桐生のスーツをつかんだ。

顔を見たくて桐生のほうを見たら、桐生は顔を横に逸らせていた。あの俺様と言われている桐生の耳が少し赤くて、穂乃香は戸惑う。

まさか、照れているのだろうか。好き、という言葉だけで？

そういえば、見合いを進めるとか俺のだとか、そういう言葉はさんざん聞いたけれど、好きだと言われたことはなかった。

「柄じゃないのは分かって……ちょ、穂乃香!? なんで泣いてるんだ？」

とても、とても嬉しい。こんなにまっすぐな好き、なんて嬉しい以外にない、と思ったら、涙がこぼれていたのだ。

「嬉しくて。私も好き。すごく好きです。大好きなの……」

桐生は優しく穂乃香を抱き寄せた。

「そうか」

ポンポンと穂乃香の背中を桐生は撫でる。

「しかし、俺としたことがつい言ってしまったんだが、ここはないよなぁ」

肩口から聞こえる桐生の低い声と、はあ、というため息。

（ここ？）

確かにここは会社の資料室だ。

「確かに」

急におかしくなってきてしまって、今度は穂乃香はくすくす笑ってしまう。

すっかり涙の引っ込んだ穂乃香を見て、桐生は頭を撫でた。

「まあ、場所はアレだが、気持ちは本当だから」

桐生の気持ちを疑うことは、もうない。

「うん」

優しい抱擁。包み込まれるようなその温かさと優しさと大きさに、穂乃香はとても幸せな気持ちになったのだった。

堂々と桐生の婚約者だと胸を張って言いたいし、それでいいんだと分かってとても安心した。

◇◇◇

夕刻からの懇親会は、タワーの最上階にあるレストランで、立食形式で行われた。

レストランはパーティもできるよう、それなりの広さがある造りなのだが、プロジェクトの人数は思っていたよりも多く、穂乃香は圧倒されてしまった。

「大変な人数や会社が関わっているんですね」

「今回はそれでもだいぶ厳選しているけどな」

すらりと立つ桐生の少し後ろに穂乃香は控える。

「桐生さん！」

早速、桐生は恰幅のいい男性に声をかけられていた。

人好きのする笑みを浮かべて、お久しぶりです、と挨拶する桐生は営業モードだ。

その桐生に、つい見とれそうになるのを穂乃香はこらえた。

そんなことをしている場合じゃないのよね。

穂乃香は品の良さを感じさせるような笑顔を浮かべて、桐生の横に控える。

「こちらは佐伯といって、僕のアシスタントです。彼女は専属なので、何かあればお申しつけください。佐伯さん、名刺をお渡しして」

穂乃香は頭を下げた。

その穂乃香に先方は釘づけになっている。それも、桐生には予想の範囲内だ。

「桐生のアシスタントをしております、佐伯と申します」

桐生からは事前に、誰でも彼でも名刺を渡さないように言われていた。

名刺を渡すのは桐生の許可を得てから、と割と強く何度も言われたのだ。

『穂乃香は営業じゃないから、名刺を配る必要はない。俺の直接の窓口ということにもなるから、こっちが繋げたい人物だけでいい』

桐生は榊原トラストのトップセールスということもあり、業界内では名前が知られている。

桐生自身が営業マンでもあるのだが、当然桐生に顔を売りたい人物というのもいるのである。

それを思うと確かに誰でも彼でも、というわけにはいかないことは穂乃香にも分かった。

懇親会とはいうけれど、ほぼ立食式のパーティだ。

最初のうちは、豪華なお料理を横目に見ながらの挨拶回りが中心になっていた。

そんな挨拶回りがある程度落ち着いた頃合いである。桐生が穂乃香に声をかけた。

「お腹すいただろう？」

「ご挨拶しているうちにあのローストビーフがなくなっちゃったらどうしようかと思ってました」

「俺は穂乃香のお腹が鳴る音がお客様に聞こえたらどうしようかと思っていたよ」

「お腹は鳴ってません！」

からかわれて穂乃香はちょっとだけ拗ねてしまう。

「ローストビーフな。分かった。もらってきてやるからここにいろ」

桐生がシェフから切りたてのローストビーフをもらってきてくれた。まっすぐ穂乃香のところにやってきて、穂乃香の分の皿を渡してくれる。穂乃香もカトラリーを桐生に手渡した。

「ん、サンキュ」

そこへ声をかけてきた人物がいた。

「穂乃香」

姿を見せたのは姫宮商事の柘植である。

にこりと笑うさわやかな笑顔。すらりとした身体に合ったスーツが相変わらずお高そうで、またそれが非常によく似合う。

あの再会の日の後、桐生から仕事での柘植のことをいろいろ聞いた穂乃香だ。

柘植は入社して二十代ですでにＰＭ、すなわちプロジェクトマネージャーに昇進していたとのことだ。

この前までの海外駐在も、役職付きでの海外の事業会社への出向だったらしい。現地でのエネルギー関連のプロジェクトに噛んでいたと聞いている。

商社の中では間違いのないエリートコースなのだそうだ。

けれどそれを聞いても、穂乃香の中で桐生への気持ちは揺らがなかった。エリートだから好きになったわけではないのだから。

穂乃香、と声をかけてきた柘植の前に、桐生が自然に立ちはだかる。

「柘植副部長、正式就任おめでとうございます」

「あ、おめでとうございます」

この懇親会でのメインは桐生なのだ。穂乃香はあくまでアシスタント。立場を考慮して一歩下がった穂乃香が頭を下げた。

「うん。ありがとう。同じプロジェクトに携わる仲間だからね、これからもよろしくお願いします」

「柘植副部長、佐伯さんはアシスタントです。担当は僕なので、そこはお願いいたします」

「いやあ、桐生さんはお忙しいでしょう?　打ち合わせ程度なら、佐伯さんにお伝えすればいいのかな?」

「彼女は本来内務をしてもらっているんですよ。渉外担当ではないので」

「きっと優秀なのだろうから、もっと仕事をさせてあげてもいいのに」

なんだか二人からは火花が散っているように穂乃香には見える。

桐生の独占欲が強いことは知っているけれど、柘植はこうではなかった気がした。

（柘植さんて、こんな人だったかしら？）

どうにも、わざわざ桐生に絡んでいるような気がする。穂乃香が疑問に思った時だ。

「穂乃香ちゃん！」

少し離れたところから急に名前を呼ばれて、振り返った穂乃香は目を疑った。

（――は!?　うそでしょ!?）

まさか、ここで顔を合わせるとは思わなかった人物だ。

動揺する穂乃香をよそにさわやかな笑顔を向けるその人は、柘植の後にお付き合いをした元カレなのだった。

ものすごい笑顔でぶんぶん手を振りながら、穂乃香のほうに向かって早足で歩いてくる。

（に……逃げるのは無理だわ）

「なぜここにいるの？」

「穂乃香ちゃんこそ、なんでこんなところにいるの？」

急にそこに現れた第三の人物に、桐生と柘植は顔を見合わせた。

さわやかな雰囲気の、穂乃香と年齢の変わらないピチピチのイケメンである。

一時休戦を互いに目で合図していた。

「佐伯さん？　こちらは誰かな？」

桐生が穂乃香の肩に手を置いて笑顔を向ける。

（えーっと、なんだか怖いんですけども……）

「えー……と……」

穂乃香が言い淀んでいると彼がにっこり笑う。

「榊原トラストの桐生さんですね！　俺、今回ゼネコンとしてお世話になります、円城《えんじょう》寺建設《じけんせつ》の設楽《したら》といいます」

設楽はさわやかで、優秀でイケメン。そんなふうに評されていたと思う。

学生の頃から目立つ存在ではあったのだ。社会人となった今も、きっと活躍しているのだろう。

穂乃香とさほど変わらない年齢なのに、自信が漲《みなぎ》っているのが見える。

それに今回の懇親会に参加しているのは、厳選されたメンバーだと桐生は言っていた。

この場に参加できるということは、彼も若くして会社でそれなりに期待されており、今回のプロジェクトでも重要な地位を任されているのだ。

「久しぶり！　一年？　いや二年ぶりくらいかな？　穂乃香ちゃんは相変わらず可愛いなあ」

設楽は穂乃香に屈託のない笑顔を向けた。

「設楽さん？　うちの佐伯とはどういったご関係で？」

桐生が営業用の笑顔を設楽に向けている。

「えーと、学生時代の知り合いでもあるんですけど、その……個人的にお付き合いがあったというか」

少し照れた様子ではあるものの、ハッキリと言う設楽だ。

「ふうん？」

にこっと笑う柘植。

「へえ……」

桐生は一瞬にして目が据わる。

横で穂乃香は青ざめていた。汗が背中を伝うような気がした。

（――な、なんの悪夢なのかしら？）

穂乃香は生きた心地がしない。

大した人数とお付き合いをしたわけでもないのに、こんなふうに大集合することなんてあるだろうか？

しかも婚約者である桐生の目の前で、だ。

穂乃香はそうっと桐生を見た。桐生はここ一番の笑顔を見せる。

「そうだ。お二人にぜひお知らせしておきたいことがあるんですよね」

穂乃香の肩に手を置く桐生だ。

それは柘植にも、設楽にもしっかり目に入っていることだろう。

「社内的には公表しているんですけれど。この度、俺と穂乃香は婚約することになりまして。すでにお互いの家族にも挨拶は済んでいるんです。な？　穂乃香？」

「はいっ」

ここはしっかり頷く穂乃香だ。

な？　と首を傾げる桐生の笑顔は、それはそれは素敵で魅力的である……が。

(笑ってない。目の奥が笑ってないのよ、聡志さん!!)

「え？　そうなの？」

きょとん、とする設楽と、

「へえ？　そうなんだ？　ああ、そういえば指輪をしているよね」

柔らかい笑みを浮かべる柘植は、穂乃香の心の中の叫びなど気にしてはいない。

(そう！　そうなんだけど、なんなの!?　この事態！　一体、前世で何をしたらこういう事態になるのっ!?)

ありえない事態に、穂乃香は本気で泣きそうになった。

「穂乃香、俺は気にしてない」

そう穂乃香の目の前で、桐生はにっこり笑った。目の奥が怖いけど。

「で、本当に元カレなのか？」

それは事実ではあるので、こくんと穂乃香は頷く。

「穂乃香、俺、あれからちゃんと勉強したんだ。だから、今ならもっといい付き合いができると思う」

設楽は聞いているのかいないのか、穂乃香に向かって顔を紅潮させながら、そんなことを言う。

(「勉強」って何!?　いい付き合いって、何なの？)

柘植に去られて、傷心だった頃にお付き合いした人だ。

真面目でとてもいい人だったのは認めるけれど、今は穂乃香には桐生がいる。

「いいえ。あの私、もう婚約していて……」

「あの桐生さんがライバルなんて、光栄です！」

え？　ちょ……意味が分かんな……

穂乃香は立ったまま、気を失いそうだ。

◇◇◇

桐生はそんな穂乃香を抱き寄せて、設楽に向かって口を開いた。

「聞いてんのか？　もう、終わってんだよ」

もう、取引先だろうが、なんだろうが知るかと思う桐生だ。

「なに？　そういう敗者復活戦みたいなやつあるの？　なら、僕もぜひ参戦させてほしいな」

嬉しそうに柘植が割り込んでくる。

「そんなもん、あるわけないだろうが！」

事態を混乱させてくる柘植にも腹が立つ。

しかも設楽はともかく、柘植は絶対分かってやっているのだ。

（――だから！　穂乃香は一切悪くないけど、こういうことになる！　それだけじゃなく、無防備に受付時代に振りまいていた笑顔で勘違いした野郎とかが出てきたら嫌だって思っていたのに、どういうことなんだよ⁉　指輪！　見ろよっ‼）

ぷっ……と笑い声が柘植から聞こえて、桐生はイラッとする。

「嘘だよ。桐生くんて、もっと涼しげに何でも解決しそうなのに、穂乃香のことだけには目の色が変わるから面白くて」

ほら、こっちおいで。僕らは邪魔だよ、と柘植は設楽を連れていった。

「あの……からかわれた、んでしょうか？」

「仕返しだろ。くっそ腹立つ」

柘植にからかわれて余裕をなくす桐生だったが、実は桐生の牽制は他の参加者には効いていた。

会場ではとにかく目立つ穂乃香だったのだが、隣に桐生が立つと、さり気ないペアルックのような衣装。それに美男美女の組み合わせと、時折穂乃香が桐生に向ける表情や、その手に輝く指輪の全てが牽制になっていたのだ。

たまたま、運悪くそれをものともしない二人にぶつかってしまっただけだったのである。

◇◇◇

プロジェクトというのは、桐生にとって大体走り出すまでがいちばん神経を使う。

もちろん、走り出してからも思いも寄らないトラブルが続々と発生してきて、対応に追われることもある。

けれど、それはなんとかしなくてはいけないと必死でやるうちに、なんとかなることも多い。桐生の経験上、トラブルは周りを巻き込んだほうが解決が早かったりする。

現状、桐生自身いくつかの案件を抱えているけれど、関わる部分は主に立ち上げのところまでという形だ。

今までプロジェクト自体が途中で中止になってしまうこともあったが、桐生の案件に関してはほとんどない。

それは桐生が卓越した営業感覚と、強い意志、先を見通す力と責任感で進めてきたからなのだ。

それだけのことをするためには、体力、精神力ともに強くなくてはできない。

だからこそ、そのフィジカルやメンタルの強さにはある程度の自信がある桐生だったが……。


今日の桐生は、昼からプロジェクトのために会議に参加していた。

早めに会場に到着すると、そこにいたのは姫宮商事の柘植である。なぜか笑顔で桐生のほうにやってくる。

「やあ」

「お世話になります」

穂乃香にも近寄らせたくないけれど、自分にも近寄ってほしくない。

幸い、今日の会議には穂乃香の参加は必要ないので、会社でお留守番だ。

特に桐生としてはなんの感情もないのに、柘植のほうからにこにこして近寄ってくるのはどうしたらいいのだろうか。

「そんな顔しないでよ」

「いや。柘植副部長こそ、俺になんてお構いなく。お忙しいでしょうから」

内心とはまた別に、桐生も笑顔で返した。

「桐生くんがどう思っているかは知らないけど、僕は勝手に親近感を持っているんだよね」

（なんでだよ⁉）

「わー！　桐生さんっ‼　またお会いできるなんて嬉しいです！」

（お前もだよ！）

聞き覚えのある明るい声は設楽だろう。

顔を合わせたくないベストテンがあれば、間違いなく上位にランクインする二人が揃い踏みなのだ。

「設楽さんも、なんで俺に懐くんです？」

会議が始まる前から、なんだかいろいろ気持ちが折れそうなのはどうしたことなのだろうか。

桐生は精神力に自信があったが、心の中のなにかが萎《な》えそうだ。

「桐生さんは俺にとっては憧れの人ですからっ！」

設楽のきらきらとした瞳が眩しい。

「憧れ～？」

桐生は雑に髪をかきあげる。

「桐生さんと言えば、トラストにこの人ありと言われるほどの人で「常勝」って聞いてます。桐生さんが関わった企画に失敗はないとか……。カッコいいです。それに俺には歯が立たなかった穂乃香が、あれほど好意を持つなんて」

横で柘植も顎に指をかけて考えるような仕草を見せ、にやにやと笑いながら頷いていた。

「そうだな、でもなんとなく分かるなぁ。僕でも懐きたくなるからな。やはり桐生くんは人を魅了する力が強いんじゃないかな」

「俺、桐生さんとゆっくりお話ししてみたいです……」

「僕も三人でいろいろ話したいなぁ。それに桐生くんに話したいこともあるんだ」

設楽の話はともかく、柘植の話したいことが何なのかということに桐生は引っかかった。

「話したいことですか？」

「うん。海外赴任していて思うところがあって。君の企画力なら何か思いつくんではないかと思ってね」

仕事に結びつくような気がする。

それに、プロジェクト《P》・マネージャー《M》や、海外赴任などもしていた柘植の話は、桐生にも大いに勉強になる気がした。

人脈を拡げることには割と積極的な桐生である。仕事において人脈が大事なのは営業をしていて何よりも身に沁みているからだ。

設楽にしても、若くしてこの立場なのだし、縁を繋いでおいて悪いことはないだろう。

そんな二人が桐生とじっくり話したいというのだ。

桐生は少し考えた。

「会議終わりに食事でも行きます?」

「行こう」

「わー！　嬉しいですっ!!」

即答だとは思わなかった。

この手の手配は穂乃香が得意なので、その場で桐生は彼女にメールし、店の手配を頼むことにする。

一方、メールを受けた穂乃香は会社のパソコンの前で首を傾げていた。

——お食事に行くのはいいのだけれど、柘植さんと、設楽くん？　なんで??

穂乃香は戸惑いながらも、個室の感じの良い割烹《かっぽう》を予約し、店舗の情報を桐生にメールしたのだった。

会議が終わった後、穂乃香が予約してくれた店に三人で向かうことにする。

「ここですね」

その店は、一見店とは分からないような外観だった。

木塀の間に風流な表札が出ていて、そこに店名が書かれているのでようやく判別できたような感じだ。

奥には暖簾《のれん》も出ているようではあるけれど、それも中に入ってみなければ確認ができないようになっている。

「高級そうです」

その外観に設楽は一瞬怯《ひる》んだようだった。

「いや。穂乃香のお薦めポイントは一見高級そうだけれど、意外とリーズナブルな点だそうだ」

穂乃香からメールで送られてきた情報をもとに、桐生は二人にそれを伝える。

女子会に出まくっている穂乃香のお薦めの店は、ハズレが少ないことを桐生は知っている。

「お店のチョイスとかセンスあるんですよね」

「それについては、任せても大丈夫と安心しているな」

「味も間違いがないんだよね」

なんだかこのメンバーと、穂乃香について妙に気が合うのが桐生としては複雑な気分だ。

個室の中は落ち着いた雰囲気で、数人で懇談するにはちょうどよい広さなのと、和風の造りなのに椅子とテーブルで飲食できるというのもよかった。

席に案内されると、すでにコースを注文してあったようで、しかも一杯目はコースに含まれているという。

「穂乃香ちゃん、完璧」

穂乃香を褒められるのは嬉しいけれど、やはり複雑な気分の桐生である。

一杯目に生ビールを注文し、軽く杯を合わせた。

「設楽くん、俺に憧れるとかはやめておけよ。俺はそんなんじゃないから」

「はー、もう、そういうところもカッコいいって、分かんないですかね?」

「いや、憧れんなら、こっちだぞ」

桐生は柘植を指差す。

「憧れってより、柘植副部長の場合は天上人《てんじょうびと》です」

「そうでもないけどね？」

穏やかに笑顔を浮かべる柘植だ。

「俺にとってはどちらも憧れですし、そのお二人にこんなふうに接していただけるのは穂乃香ちゃんのお陰だと思って感謝していますよ」

前向きなその設楽の発言には、桐生も感心した。

微妙な気持ちではあったけれど、穂乃香にはやはり見る目はあるのだと思う。この場にいる柘植も設楽も魅力的な人物なのだ。

「惜しいって、お前も思うわけ？」

柘植が穂乃香を惜しんでいたことを知っている桐生は、設楽に尋ねた。

「惜しいも何も振られちゃいましたから。——桐生さん、俺も？　ってどういうことです？」

「僕も振られ仲間ってことだね。ここでの勝ち組は桐生くんだよ」

グラスを傾けながら柘植は設楽にそう言って、笑いかけた。

「え!?」

「振られたんじゃないですよね。手放したが正解なんじゃないですか？」

桐生はそこで訂正を入れる。

「桐生くん、厳しいな」

「今更、なんでそんなに惜しくなったんです？」

ずっと聞いてみたいと思っていた。

いつもはふわりとした笑みを浮かべている柘植なのだが、その桐生の質問には珍しく少し考えるような顔をしている。

「う……ん。穂乃香はすごく可愛かった。素直で、見た目もね。今より少し子供っぽいところもあったけど、それも含めてとても好きだったよ」

だったら、なおさらなぜ手放してしまったのかと桐生は思う。

「海外赴任のタイミングが悪かった。せめて国内であればね。いろいろ考えたよ。婚約しようかとか、いっそ連れていこうかとか。けど彼女は若くて、僕が引け目を感じたんだ。今にして思えば真剣だったなら連れていけばよかったんだと思うけれども」

当時穂乃香は二十一歳で、柘植は三十三歳だった。

自分は結婚も視野に入る年頃だが、果たして穂乃香はどうなのだろうかと考えると、どうしても決心がつかなかったのだという。

「穂乃香には問題はなかったよ。僕が臆病だったせいなんだ。それに海外赴任はハードだ」

柘植はキッパリと言い切る。いつもの柔らかい雰囲気はなかった。

桐生は、この人も優秀で実はシビアな目も持っている商社マンなのだと改めて感じた。

「彼女を構ってあげられる余裕はないかもしれないと思ったんだ。二十歳《はたち》そこそこの女の子が耐えられる環境ではないと判断したんだよ」

「実際どうでしたか？」

「連れていかなくてよかったと思ったよ。本当に構う時間なんてなかった。かと言って彼女が現地の駐在員の奥様会の中に入ることも難しかっただろうし。もう本当にタイミングとしか言いようがない」

「で、帰ってきたら俺みたいなのがいたわけですね」

「そういうこともあるだろうとは覚悟していたよ。彼女は魅力的な人だしね」

実のところ危なかったのかも知れないな、と桐生は思った。

柘植も言っているが、タイミング次第ではもしかしたら、桐生と穂乃香は出会うことはなかったかもしれないのだ。

「難しいものなんですね」

若い設楽にも考えさせられるものらしい。

「そうだな」

そう言って柘植は頷く。

「でも、柘植副部長、諦めていませんでしたよね？」

改めて桐生が聞くと柘植は笑っていた。

「あははー」

笑ってごまかされた。

(この人のこういうところだ!)

「まあ、あわよくばという考えがあったことは否めないよ。でも穂乃香が一途なのは知っているからなあ。穂乃香、桐生くんのこと大好きじゃないか」

「そんなふうに見えますか?」

「見える」

横で設楽もこくこく頷いていた。

「もうラブラブって感じですね!」

桐生は苦笑する。

「最初、穂乃香は俺のことを怖がってましたよ」

そうなのだ。最初、穂乃香は『すみません』ばかり言って、怯えたような表情で桐生を見ていたはずだ。

けれど、いつも一生懸命で、仕事についてきていた。

覚えも悪くないと桐生が感じていた頃、見合いの話が出たのだ。

「どうしてそんな桐生くんと付き合って、しかも結婚なんていう話になったんだ? それに交際期間、やけに短くないか?」

思い出して、ふ……と桐生は笑う。

「お見合いなんですよ。俺たち」

「え？　アシスタントと営業ですよね？」

「お見合いって？」

意外だったのだろう、柘植も設楽も食いつく。

「俺が嫌で寿退社してやろうと思ったらしいですよ。お見合いの場に俺がいて驚いてました。俺も正直気乗りしないお見合いだったので、相手のことはさほど確認しませんでしたし」

「穂乃香も確認しなかったんだな。いかにも彼女らしい」

穂乃香の性格を知る柘植は苦笑していた。

「とても気が合って話を進めると彼女に伝えた。それからはトントン拍子ですね」

（お前らが邪魔しなければなっ！）

「気が合って……」

柘植はそこに引っかかっているようだ。

やはり勘のいい人は侮《あなど》れない。気が合ったよりも身体が合ったのでは？　と疑っているようだった。目を細めて、桐生を見やってくる。

（ご想像にお任せするが？）

桐生は笑顔を返した。

「ふうん……」

意味ありげに微笑む柘植を桐生は軽くやり過ごす。

一杯目はビールだったけれども、二杯目からはワインをボトルで頼んでおり、桐生はグラスに軽く口をつけた。

「穂乃香って、従順だよね？」

（な……何を言い出すんだこの人は！）

「素直ですよね？」

その話題からは離れたい桐生だ。寝室の内部事情まで話すつもりはない。

「俺……お二人にご教示賜《たまわ》りたいです」

「設楽くんすごい日本語を話すね」

「俺もそれ、文書以外で聞いたのは初めてだ」

「俺は、穂乃香ちゃんとほとんどそういうことしていないんです」

（だから！　寝室事情は話すつもりはないと……）

「聞こうか？」

笑顔の柘植だ。

桐生は柘植の性格もなんとなく分かってきたので、無言になる。

――設楽くん、君面白がられているぞ。

設楽の話を散々聞き出した柘植は、もう桐生が思い出したくもないようなアドバイスを彼に授けており、しかし、設楽はいたくそれに感動しているし、ワインはボトルが二本空いた。

「僕は最初は桐生くんと穂乃香の邪魔をしてやろうとか考えていたんだけど、桐生くんってていい男なんだよな」

「ですよねー！　こんな人いますぅ⁉」

「おい、設楽くん完全に飲みすぎていないか？」

「大丈夫れすっ！」

（れすって……酔っているだろう）

とりあえず、設楽は放っておいて。

「話したいことって、それですか？」

桐生はずっと気になっていたことを柘植に尋ねる。

「いや。先ほど少し聞いてもらったと思うんだが、僕が海外赴任した時、本当に大変だったんだよ」

役付きで赴任したものの、現地は支社長と部長、次長である柘植の三人だけで、業務内容は総務、営業全般、現地対応なんでもしていたのだそうだ。

確かに三人ではなんとかするしかない。

「とにかくねえ、毎日のように何かが起こるんだよ」

入金がない、在庫が盗難にあう、はザラで、そのうえ現地社員は権利意識が強いので、何かというと訴訟を起こそうとする。

仕事を進めるために現地社員に仕事を振ると『日本流を押しつけるな』とお怒りを買って業務をしてもらえず、ストライキに突入し、ますます業務が増えるというのだ。

「聞くだけで生き地獄のようです」

確かにそんな現場では、若い女の子を連れていくことなどできないだろう。

聞けば勤務時間の規定などないに等しく、日本時間で会議があるといえば、朝方だろうがテレビ会議で参加し、夜は業務が終わらず、夜中まで仕事をするという。

「まあ、でもそんなのも乗り越えて、最終的には帰らないでほしいと現地社員に言われる程度には信頼を得ることができたし、交渉力は爆上がりだし、語学力は否が応でも鍛えられたね」

社内でも『あの外国人社員たちをまとめ上げオペレーションを確立した』と評価を得たため、今の地位にあるのだと言う。

「まだ、商社は恵まれているほうだけれど、それでもそんなハードな仕事だよ」

しかし、目の前の柘植のスマートな様子からは、そんな泥臭い仕事をしてきたようには思えない。

桐生からしたら、そういうところが敵わないと思わなくもないのだ。

「今後、新興国での仕事は増える一方だろう。榊原トラストはそれに興味はないだろうか」

そう言って目を細める柘植に桐生はぞくん、とした。

「面白いです。具体的な話はありますか？」

「今のところはない。けれど何か掴めないか、君なら」

「考えます」

「やはりね、日系企業と仕事をするほうがいいんだよね。いろんな意味でね」

うまく使われたような気がしなくもないが、新しい仕事はいつも桐生をワクワクさせる。

「俺のほうで、絵が描けたらＣＥＯに直接持ち込みます」

「榊原トラストは風通しがいいと聞いているけれど、その通りのようだね」

柘植はにっこり笑った。

第五章　ラスボス登場

「今日はうちに寄っていく、で構わないな？」

「うん。日取りの打ち合わせとかしなくてはいけないし、あ、お食事会の手配はしたよ」

歩きながら、ビルの出口に向かいつつそんな会話をする穂乃香と桐生は、他から見たらまるで仕事の打ち合わせをしているようにしか見えない。

まあ、打ち合わせには違いないが、それは今度行われる、両家の顔合わせの件なのだった。

「サンキュ。えーとあとは……」

「当日、どうしようかなぁ」

「どうしよう、とは？」

「んー、洋服か和服か」

「実は着物を頼んである」

「は？」

突然の桐生の発言に驚く穂乃香だ。

「頼んで……」

「仕立てを急いでって。まあ、伝手《つて》を使って」

穂乃香のためならばどんな手段も取ってしまう桐生なのである。

「顔合わせの二、三日前には届くように手配しているから」

「ふぅん？」

きっと桐生が穂乃香に着せたいと思ったものなのだろう。

「私、聞いてなかったな」

「驚かせようと思ったんだが、女性は支度が必要かなと思って」

「ふふっ、楽しみにしてるね」

ちょうど、ビルを出ようとしたところだ。

「穂乃香」

男性の低い声に穂乃香がびくんとする。

（――まさかまた……）

そうっと振り返った穂乃香の前に立ったのはスラリと背の高い、顔立ちの整った男性である。

「お兄ちゃん!?」

穂乃香のよく知るその人は佐伯雅人《まさと》、穂乃香の兄だ。

「お……にいさん……？」

「なんで？　帰ってこれないって言ってたじゃない」

穂乃香も驚いた様子で兄に駆け寄った。

「妹の一大事に帰ってこれないってことはないだろう」

彼は穂乃香に笑顔を向ける。

背は桐生よりやや高いくらい。仕立てのいいスーツを着て、手には大きめのスーツケースを引いている。

いかにもエリートな雰囲気が漂っていた。

穂乃香にとって、兄がとんでもなく整った顔立ちなのは昔からで、見慣れたものだ。

しかし、通りすがりの人はつい見てしまう。

雅人はすこし甘さのある優しい顔で、特徴はそのくっきりとした二重瞼《ふたえまぶた》だ。

それが雅人を王子様然として見せている。

さらにそれに加えて、今は桐生や穂乃香もいるので、ロビーではいたく目立ってしまっていたのだった。

そして昔から雅人は穂乃香にはとても甘いのだ。

「空港から直接来たの？」

「当然だろう。真っ先に穂乃香の顔を見に来るに決まってる」

雅人はその王子様のような顔に笑みを浮かべた。ロビーにいた女性がそんな雅人に釘づけになっている。

穂乃香はふと学生の時のことを思い出した。

兄はとても見た目がいい。そして頭もとても良くて、負けることが大嫌いなのだ。

兄が日本にいた頃には、その頭脳と見た目で、いつも穂乃香が想いを寄せている人をフルボッコにしてきた過去がある。

穂乃香はちらっと桐生を見たけれど、この人もきりりとした造形の持ち主であり、兄に負けずとも劣らない。

恐らくは、その頭脳も負けず嫌いも。

この人なら大丈夫。

◇◇◇

「あ、お兄ちゃん、こちら私の婚約者の桐生聡志さんだよ」

「初めまして。穂乃香の兄の雅人です」

「初めまして。桐生聡志です」

穂乃香に紹介されて、初めて気づいたかのように、兄の雅人は桐生に目をやって、取り繕った笑顔を向ける。

「婚約なんて聞いてない。穂乃香。交際らしい交際なんてしていないだろう？」

「お見合いだったのだもの」

ね、と首を傾げる穂乃香は可愛いけれど、その瞬間兄の雅人の目が据わったのを桐生は見た。

「お見合い……くだらないシステムだな。前時代的で古いしきたりだ」

雅人がそう言うのに、穂乃香がむうっとする。

「お父さんもお母さんも賛成してくれてるのよ。お兄ちゃんには何も言わせないから」

（ラ……ラスボスだ……）

心の中で桐生はつぶやいた。

今まで穂乃香に群がる雑魚《ざこ》（同じ課の男性社員）やそこそこのキャラ（柘植・設楽）を倒してきた桐生だけれど、目の前にいる兄はそれを遥かにしのぐ手ごわさを感じる。

けれど、それを倒さないことには、穂乃香との結婚の道はないのだろう。

（分かった。これは最後の試練なんだな。受けて立つ!!）

何にかは分からないが、桐生は強く決意したのだった。

「穂乃香、お兄さんと一緒に食事をして帰るか？」

「でも、いいの？」

「俺も親しくしておきたいからな」

「分かった。ありがとう、聡志さん」

「居酒屋なんかでは食べないぞ」

さらりと雅人がそう言うのに、桐生は笑顔を返した。そんなところに連れていく気はさらさらない。

雅人の格好を見れば分かる。仕立てのよいスーツは間違いなくフルオーダーで、その生地までもが素晴らしい。生地や仕立てからして数十万はするだろうと思われるスーツだ。もちろんシャツもネクタイも見て分かるほどの一流品だった。

「フレンチではいかがでしょうか？」

幸い、目の前のビルの最上階のフレンチレストランは桐生の顔が効く店だ。

「まあ……フレンチなら構わないが、現地の五つ星に慣れているからな。半端な店で満足すると思わないでほしい」

（——どこのセレブだよ!?　五つ星!?　日本にそんな店舗がどれだけあると思ってるんだ？　本気か？）

冗談であってほしいと思うが、雅人は極めて真面目な顔をしている。

タワーの最上階のフレンチは星付きではないものの、星付きのレストランで修業をしていた人物がシェフとして采配を振るっていることで有名だ。

「十分にご満足いただけるとは思いますが。いらっしゃることをお伺いしていたら五つ星をご予約させていただいたんですけれども」

「では、それは今度の楽しみにさせてもらおう。穂乃香、よかったな。桐生さんが五つ星をごちそうしてくれるそうだぞ」

なぜか穂乃香に向かってにっこりと雅人は笑ってみせた。

（手ごわすぎる……！）


レストランで目の前で料理を食べる雅人の仕草はさすがに穂乃香の兄という感じで、品があり食事の仕方も綺麗だ。

ただやたらと食べるのが速いのだが！

慌てているようには見えない。

むしろそのナイフとフォークの使い方は優雅ですらあるのに、やたらと食べるのが早い。

「もー、お兄ちゃん、その速飯、落ち着かないから本当になんとかして」

穂乃香の発言から察するに、どうやらいつものことらしい。

「悪いな。仕事柄これればかりはダメだな。直そうとは思っているんだが」

周りが振り返るくらいの美形である穂乃香の兄なのだから、もちろん顔が整っていることなど、言われてみれば当然なのだ。

だがそれにしても改めて見ても、雅人は綺麗にくっきりとした二重瞼《ふたえまぶた》の持ち主で、アーモンド形というのか、整った形の目をしていて、すうっと通った鼻筋と絵に描いたような弓形の唇をしていた。

またそれらが完璧とも言えるような場所に配置されている。

穂乃香にも似ているし、美形兄妹なのは間違いのないことなのだった。

しかも、どうやら海外で仕事をしているようで、高級な食事にも怯まない。

高身長、高学歴、高収入とかいうのなんだろうなあ、と桐生は察する。しかも高レベル顔面。

天が二物も三物も与えてしまっている奴だ。こういう人物は稀にいる。

「大変失礼なんですけど、お仕事は何をされているんですか？」

「穂乃香から聞いていないのか？」

そんなことも知らないのかという口ぶりに、穂乃香がさらりと答える。

「だって、お兄ちゃんのことはほとんど話してないもの」

穂乃香が塩対応だ。

このハイスペックな兄も、穂乃香にしてみたら、当然身内の感覚なのである。

それでも兄の方は穂乃香が可愛くて仕方ないらしい。

まあ、確かにこんな妹ではな……と桐生にも分かる気はするのだが。穂乃香に塩対応されて、しぶしぶ雅人は答えた。

「トレーダーだよ。ロンドンの金融会社でトレーダーをしている」

ロンドンと言えば、その金融街はシティとも呼ばれ、ニューヨークのウォール街と並び称されるほどの世界有数の商業の中心地だ。世界経済の最先端である。

その最先端でトレーダーとして仕事をしているということは、世界有数のエリートということでもあるのだ。

なるほど……と桐生は雅人を見た。

仕立てのよいスーツと押しの強そうな雰囲気はいかにも海外で仕事をしているエリートという感じだとは思ったけれど、どうやら本物らしい。

現地のフレンチはおそらく本場フランスのフレンチのことだったのだろう。

しかし、桐生はここにどうにも穂乃香の好みの原点を感じずにはいられなかった。

穂乃香は身持ちが固いと言っていたけれど、実のところはこの兄を超えるような人物に出会えなかったからではないか、という気が桐生はしたのだ。

相手が怯《ひる》んでしまいそうなくらいに整った顔立ち。トレーダーなどしているくらいなのだから、頭が良く判断力も回転も速いのだろう。

しかも、ありがちな自慢話はしない。

相当に大きな金を動かして仕事をしていると思うのだが、それについては一切触れないのだ。

「元々は日本の総合商社にいたんだが、そこのトレーディング部にいた時に才を買われて、外資の企業からヘッドハンティングされたんだ。自分を試してみたかったし、ディーラー採用だというので、好きな仕事に熱中できると思ってね」

「厳しい世界だと聞きますが」

「厳しいね。結果を出せない奴はどんどん脱落していく世界だからな」

「でもお兄ちゃん、ずっと続けているよね？」

「結果を出しているからな」

真に常勝を求められる職種だ。

五億儲けを出していても、一億損を出したら降格もある世界だと聞いている。同じ常勝でも格が違う。

「君もなかなかに面白い人物なんだって？　うちの父が人を褒めることはないんだが、珍しく褒めていた」

「そうですね」

ヘタに下手《したで》に出るつもりは桐生にはなかった。この人物相手に、下手《したで》に出ても仕方ない。

こういうところでも、桐生の卓越した営業能力は活かされるのだ。

「お兄ちゃん、聡志さんはね、駅前のビルに関わったりしているの」

穂乃香は兄に一生懸命説明する。

「榊原トラストだったか？　昔は単なる不動産屋だったようだが、前の社長は相当のやり手だったようだな。今のＣＥＯは留学経験もあるそうだし、社内の雰囲気もいいと聞いている」

「うん！　受付でお仕事していた時も、今の部署もみんないい人でお仕事すごく楽しいの」

「それはよかったな」

穂乃香が嬉しそうに報告するのを、雅人は優しい笑顔で見ていた。

けれど、一方で桐生はさすがだと感じていたのだ。

穂乃香が入社しているせいかもしれないが、おそらく、榊原トラストについて雅人は調べてきている。

穂乃香は気づいていないのか、雅人が自然に対応しているせいなのか、よかったな、うん！　で話が済んでしまっているけれど。

「で、こいつのどこがいいんだ？」

雅人のそのすうっと冷めた声に、桐生はひんやりと背中から刺されたような心地になった。

問われた穂乃香はきょとんとしている。

「どこがって……」

言い淀む穂乃香だ。

あまり間を置かないでほしい。そんなに探さなければないはずはないんだが……と桐生は一瞬不安になる。

「たくさんありすぎて、困るんだけど」

ちらっと桐生を見る穂乃香が頬を赤らめていて本当に困っている様子なのが、可愛い。

言い淀んだのも悪い意味ではないらしいと分かり、安心する桐生だ。

「まず、お仕事がすごいの。側で見ていてもよくこんなにできるなあっていうくらい。聡志さんとお仕事したい人がいっぱいいるのよ。あと、普段はすご一く優しいの。一緒にお出かけしてもすっごく気にかけてくれるし」

「穂乃香、そんなのは当たり前だろう？」

やんわり返す、雅人の言葉が何気に厳しい。

「見た目も素敵だわ。お兄ちゃん、それをバラバラで持っている人はいるかもしれないけれど、全て兼ね備えている人は少ないのよ。で、いちばんは、私が聡志さんのことが大好きなの。大事にしてくれるし、大事にしたいの。そんなふうに思う人はいなかったわ」

穂乃香のこういうところに惚れてしまうんだ、と桐生は思う。

一途で、まっすぐ。

その思いすらまっすぐだ。


「雅人さん、俺は当初は見合いは断ろうと思っていたんです。俺にとっても義理だったし、穂乃香にとっても同じだったはずだ」

桐生が口を開くと、雅人は桐生のほうを向いた。軽く首を傾げて先を促す。

「見合いの場に穂乃香が現れたことは偶然だった。穂乃香にとってもそうでしょう。それまでは会社で話したことはあっても、プライベートで関わることはなかった」

(——そう、あのお見合いでの出会いがなければ)

桐生はあの日のことを思い出していた。

「穂乃香は俺の目の前で『結婚して辞めるつもりだ』と言ったんです」

「妹は正直賢くはない」

「賢くなくて悪かったわね」

穂乃香はぷうっと膨れていて、そんな様子がまた可愛い。

あの頃には見られなかったそんな表情を見せてくれるのは、桐生には嬉しいことだ。

「けど、見ての通り愛嬌はある。見てくれに惹かれる奴は後を絶たない」

雅人はそんな穂乃香を見て肩をすくめた。他の人がやったら、キザすぎる仕草も、雅人がやるとそうは見えない。

穂乃香に惹かれる異性。ここ数週間で痛いほどに実感している桐生だ。

「分かっていますよ。とても実感しているところです。自分のことには鈍くて仕方ないんだ、穂乃香は。見てくれだけじゃない。惹かれているやつを蹴散らして手にしたんです。絶対に離さない」

穂乃香の頬がぽぽぽっと赤くなる。

「俺が守ると決めたんです」

キッパリとそう言いきって、桐生は雅人を見た。

雅人は、桐生でさえ怯《ひる》んでしまいそうな迫力のある人だ。けれど、それで譲るつもりは一切なかった。

雅人は軽くため息をつく。本当にそんな姿ですら、絵になる人だ。

「まあ、ね。僕も妹に嫌われるつもりはないよ。さっきも穂乃香が言っていただろう。大事にしたい、と。僕はその穂乃香の気持ちを尊重する。それにここまで言ったんだ。何かあったら、僕が黙っていないよ。それは分かるよね？」

笑顔で首を傾げるのに、剣呑《けんのん》な雰囲気なのは仕方のないことなのだろう。

「俺は穂乃香と幸せになりたいんだ」

桐生は今度は穂乃香を見て、それを伝えた。伝える相手は雅人ではない。穂乃香なのだから。

「飛行機に飛び乗ってきたんだけどね、それほど心配することではなかったようだね」

まっすぐに穂乃香へ気持ちを伝える桐生の様子を見て、雅人の態度が最初よりは柔らかくなっている気がした。

「よく休めたわね」

「誰が休みを取ったと言った？　パソコンひとつあれば数日不在にすることは問題ない」

「ふぅん？」

その後は雅人の関わった案件や、桐生の仕事についての話をした。

最初は世間話的な感じだったのだが、雅人は非常に興味深かったようで、いざそんな話になると穂乃香のことなんかそっちのけで盛り上がり始める二人だ。

「資金が潤沢なのは商社やファンドを絡めているからなんだな」

「そうでないと無理ですね。相当規模の資金が必要になりますから。最近はトラスト自体にも知名度が出てきているし」

「気をつけないと内部管理情報に引っかかりそうだ」

雅人が苦笑する。桐生は察しよく言葉を発した。

「ファンドですか？」

雅人は頷く。

「案件によってはファンドマネージャーにアドバイスしたりするからな」

◇◇◇

（——つまんないっ‼）

穂乃香はデザートでこのレストランの名物でもある「甘さ控えめ天使のくちどけババロア」をいただきながら……拗ねていた。

桐生と雅人の二人はビジネス関連の話を始めたら穂乃香をすっかり蚊帳《かや》の外にして、夢中になって二人で議論を交わしているのだ。

しばらく二人で話していて、食事が終わる頃に雅人が口を開いた。

「穂乃香が婚約すると聞いて、見定めてやろうと思って来日したんだが。まあ、悪くはない」

穂乃香は兄に笑顔を向けた。

「でしょ？」

兄が誰かを「悪くない」という言い方であれ、認めるようなことは少ない。

これは十分に及第点ということなのだと穂乃香は判断していた。

「今日、残業させちまうな……」

桐生の申し訳なさそうな顔は、あまり見たことがない。

それだけで、十分だ。

「大丈夫ですよ！　だいぶ慣れてきたの、桐生課長もご存知ですよねっ。それにみんなが頑張っているプロジェクトだもの。私にも頑張らせてください！」

そう言った穂乃香の頭を、桐生はつい、といった感じで撫でた。

「悪いな」

穂乃香にしてみれば、チームの一員と認められたみたいで、とても嬉しい。

それに、桐生の少しだけ申し訳なさそうな顔は、それはそれで色気があって、素敵だし。

今日の桐生も予定がいっぱいだ。カバンの中に訪問先への資料を入れながら、桐生は穂乃香に声をかけた。

「じゃあ、申し訳ないけど、頼むな。切りのいいところまでで、残してもらって構わないから」

「はーいっ。できるところまで、頑張ります」

「あまり無理はしなくていい」

「ありがとうございます。お気をつけて行ってらしてくださいね」

「うん。行ってくる」

そんなやりとりにも慣れた今日この頃だ。

桐生は一般職である穂乃香に残業させることは、最初からあまり好きではない様子だった。基本的に業務の時間内で、と考えているようだ。それをオーバーする分については、自分たち総合職がやって当然と考えている。

それはとてもありがたいけれど、仕事に対して少しずつモチベーションが上がってきている穂乃香にはさびしい時もある。

今、桐生が携わっているのは大きなプロジェクトであり、その分資料も膨大だ。

そのため、今回はデータについては専門チームが分析したものを使用するが、見せ方は桐生が考えて資料を作るので、穂乃香はデータの整理をするのが仕事、ということになる。

桐生の下で仕事をするのは最初は大変だった。とんでもなく仕事のできる人だ。

しかし、大変ではあるけれど桐生自身、面倒見は悪くないので、意外と質問には気軽に答えてくれる。

最初はこんなこともできないのかと思われているかも、と穂乃香は感じていたのだが、そうではなくて、できないことは分かっていて、それを穂乃香がどこまで理解しているのか知りたかった、ということのようだった。

今はだいぶお互いの理解も深まってきて、周りからはいいコンビだと思われているはずだ。


資料を整理するには、ある程度資料に目を通す必要がある。

「ん？　んー？　なんで……？」

穂乃香の独り言に反応してくれたのが、同じチームの時任だ。

「佐伯さん？　なんか声がダダ漏れているけど、大丈夫？」

時任が向かいの席で穂乃香の百面相を見ながら笑っていた。

「んっ、よく分かんなくてですね……」

時任が立って、穂乃香のパソコン画面を覗き込む。

「これと、これの違いって？」

穂乃香は画面上を指差す。どれ？　と時任が覗き込んできた。

「あー、あの人たち、資料作りのプロなんだけど、こだわりすぎなんだよなー。これね、ここと、ここが違うってことなんですよ。ここまでの資料、いるのかなぁ……」

画面を確認した時任が教えてくれた。桐生のチームはエリート揃いなのだ。

「ありがとうございます！　分かりました。注釈つけておきますね」

えーっと……とまた穂乃香は画面に向かう。

そんな穂乃香を、時任は頼もしげに見つめる。

営業部の地雷とも言われていた桐生をうまくサポートしてくれている穂乃香に、チームどころか、部署中の社員が感謝していた。

最近、桐生課長のご機嫌がすこぶるよい。それは、穂乃香のおかげだとみんなが理解していた。


少し前に定時を過ぎて、徐々に人も少なくなってくる頃、チームのメンバーが穂乃香に声をかける。

「大丈夫？　もう、帰ってもいいと思うよ？　明日でも大丈夫だし」

「はい。帰ります。あと、ちょっとだけ。切りのいいところで帰りますから」

「無理しないでね？」

「はぁい！」

以前は受付に戻りたいと思うこともあったけど、今のチームのメンバーはみんな優しくて、教えてくれることは一つひとつが本当に勉強になる。

今や穂乃香は、異動してきてよかったと思っていた。

「うーんっ……」

穂乃香は自席で大きく伸びをする。

気づくと部署はがらがらになっていた。いつもは早く帰らせてもらっているので、こんな景色はあまり見たことがない。

まるで、放課後の教室のように少し後ろめたいような、わくわくするような、昼間とは違う顔のオフィスは、なんだか居心地が違う。

資料はだいぶ片づいてきていた。

(――あと、ちょっとだけ)

穂乃香はコーヒー用のマグを持って給湯室に向かう。

コーヒー用のフレーバーをカップに入れて、コーヒーを注ぐ。砂糖入りのラテは、甘い香りを漂わせた。それをこくん、と一口飲む。

立って飲むのはお行儀が悪いとは分かっているけれど。

「うん、美味し」

「穂乃香⁉」

突然の声に、穂乃香は飛び上がらんばかりに驚いた。

(し、心臓口から出るかと思った!)

「び、びっくりした!」

誰もいないと思っていたのに、急に声が聞こえたのだ。それは驚く。

振り返ると、外出先から帰ってきた桐生が穂乃香を見下ろしていた。桐生は長身なので、普通に見ているだけでも、見下ろされている感じなのだ。

桐生の眉がきりりっと上がった。

（マズイ！　怒られるかも！）

穂乃香が首をすくめて、雷が落ちるのを待っていると、ふう……とため息が聞こえて、低い声がその口から漏れる。

「切りのいいところで明日に残して構わないと言っただろ」

「私も適当なところでやめようと思ったんですけど」

えへへっ、と穂乃香は笑う。

桐生が、ふっ、と笑ってその穂乃香の額をぴん、と指で弾《はじ》く。

「無理するなとも言ったぞ」

遅い時間までの残業になってしまったので怒られるかと思ったら、この顔はプライベートの桐生だ。

「してないの！　ホントです。私、受付にずっといて、この会社をすごく誇りに思っていましたけど、今、こうしてこの部署に来て、皆さんのお仕事見ていて、会社をもっと好きになったんです」

「俺たちの仕事は、地図に残る仕事だからな」

給湯室の入り口にもたれて、桐生がそんなことを口にしてくすりと笑う。

「本当だ！　トラストの仕事って地図に残るんですね。カッコいい……」

「かと言って無理をしていいってことではないぞ」

「はぁい……」

今日は諦めて帰るしかなさそうだ。

「甘い匂いがするな」

「あ！　もうちょっと頑張ろうと思って、甘いカフェラテ、淹れてしまったんです」

「ふーん、どれ……？」

「これ……んっ……」

これ、とカップを持ち上げたら、それを取り上げられてキスをされてしまった。

軽く重なる唇と、唇を舌で撫でられる気配。それをされたら唇を軽く開ける。すぐに舌が入ってくるわけではなく、甘く唇を食まれる。

もう、何度もキスを交わしていて、桐生のキスを知っているはずなのに、いつもいつも感じさせられてしまうのだ。

穂乃香がきゅっと桐生の胸元を掴んでしまうと、桐生の両腕が穂乃香の背中に回って、身体が密着した。ものすごく包み込まれているようで、とても気持ちがいい。

深くなるキスはだんだん互いの舌を絡め合うようなものに変わっていく。うまく息すらできなくなる頃、やっと桐生の唇が離れる。

「甘いな」

桐生はぺろりと自分の唇を舐めた。

その舌が今まで……

（カッコよすぎて、くらくらするんですけど）

「せっかくだから、それは飲んでいろ。その間に頑張った成果を確認するから」

「ありがとうございます！」

「終わったらメシ食おう。何が食べたいか考えておけよ？」

そんなことを話しながら二人でデスクに向かう。

「わーいっ！　嬉しい！　なににしようかなぁ」

ラテを飲んだり、帰る準備をしている穂乃香の横で、桐生は資料に目を通していた。

「なんでもいいけど、デザートは決まっているな」

穂乃香は首を傾げる。

「なんですか？　アイス？　ケーキ？」

おいでおいでと呼ばれるので、穂乃香は椅子ごと桐生に近づいた。

「穂乃香だよ」

耳元で囁かれたそれは、とってもくすぐったくて、嬉しかったけれど……

「聡志さん、それオヤジです」

笑顔で放たれたその穂乃香の一言に、しばらく立ち直れなかった桐生なのだった。

◇◇◇

最近、桐生は海外の事業に興味があるらしく、穂乃香はその資料を揃えるのに専念していた。

現地の情勢から政治から流通から、資料は多岐にわたっていて驚く。しかも、桐生はそれらの全てに目を通しているようなのだ。

さらに不足している場合、追加で資料を依頼されたりもする。

大変ではないのかなあと穂乃香は思うのだが、桐生はやたらと楽しそうなので気にしないことにした。

好きな人が楽しそうに仕事しているのは嬉しいことだ。

「……っくしゅん！」

「あら、くしゃみ。可愛いわね。桐生課長が噂しているのかしら？」

「だといいんですけど……」

なんだか、今日は社内のエアコンが効きすぎているのか、少し肌寒い気もする。

ジャケットを羽織り、穂乃香は作業を続けた。

「ただいま」

外出先から帰ってきた桐生が、資料とパソコンを机の上に置く。

「どうでした？」

チームのメンバーが桐生に尋ねると、桐生はにっと笑った。

「多分いける」

先日栢植からオファーのあった話を桐生なりにまとめて、今日はＣＥＯにプレゼンしていたのだ。

その表情から手ごたえがあったのだろうと知れた。

チームのメンバーはやった！　とそれぞれに嬉しそうだが、穂乃香は少しさびしい。

桐生から言われていたのは、今回のプレゼンがうまくいったら、新しいプロジェクトを立ち上げることになるということだ。

今のチームのメンバーと関わりがまったくなくなるわけではないけれど、新プロジェクトを桐生が立ち上げるならば、メインの仕事はしばらくそちらになるそうなのだ。

だから桐生の席はフリーアドレスなのである。桐生の専任アシスタントである穂乃香も、同時に席を移動することになる。

今のメンバーは現在進行しているプロジェクトにそのまま残ってもらうので、チームを離れることになる。

(――さびしいな……)

今のメンバーは何も分からなかった穂乃香に、いろいろと教えてくれた人たちだ。

先日はしゅんとしていた穂乃香の頭を、桐生が優しく撫でてくれた。

「つらい?」

「うん……さびしいです」

「部屋は変わらないから。悪いな。こんな仕事の仕方で」

とても優しいその声に、穂乃香は桐生を見た。

ん? と桐生は何でもないように、首を傾げている。

自分だって、とんでもなく仕事が忙しいくせに、穂乃香のことをきちんと気づかってくれる。

桐生のお仕事のフォローをちゃんとしよう、と穂乃香は思った。できるサポートは穂乃香がやって、この人を助けたい。

どれくらい助けることができるかなんて分からないけれど、この人が気持ちよくお仕事できるようにお手伝いがしたい。

もちろん、今までもやっていたのだけれど、より効率よく、とか、先回りして準備するということに意識を向けるようになった穂乃香だ。

受付の時もやりがいはあったけれど、桐生との仕事はまた別のやりがいがある。

そんなことを思いながら作業していると、携帯の着信音が鳴った。

穂乃香が携帯をチェックすると、それは母からのメールだった。

『今日からお父さんと一泊で旅行に行ってくるので食事はないわよ。でも桐生さんと仲良くできる機会よね。ごゆっくり〜』と書かれてあった。

もう、のんきなんだからと思いつつ、今日は公認で外泊できるということだ。

桐生にはいつ来てもいい、とは言われているけれど。

こんなふうに家族も公認ということには、やはり幸せな気持ちになってしまうし、自分の親からの桐生への信頼も嬉しい。

幸せを噛みしめつつ、穂乃香は業務に専念することにした。

◇◇◇

「今日のお昼はCEOとのパワーランチの予定です」

穂乃香に言われて、CEOの部屋に向かった桐生だ。

目の前でプレゼンをさせてもらってからのランチだったので、正直企画についてはゴーサインが出るものと思っていた桐生は、このランチでその考えが甘かったことを知った。

企画の曖昧な点をCEOである榊原貴広に指摘され、その場で即答できないこともあった。そんなことは普段の桐生にはほぼない。

メモを取りたいけれど、ランチ中であればそれも許されず、一言も聞き漏らさない覚悟で集中して話を聞く桐生だ。

パワーランチごときでここまで集中したことはない。

今までのビジネスの相手と、この榊原トラストのCEOは違うのだと強く感じた。

これがライバル企業でなくて本当によかったと心から思う。

このパワーランチに同席していたのは、榊原貴広の弟であり右腕とも言われている榊原怜司《れいじ》だった。

「まあ、厳しいことを言われたと思うかもしれませんけれど、兄さんは見込みのない人には言わないですから」

ランチを終えて席を立った桐生に、怜司がそう言った。

「あと、その案件は通す」

「は？」

桐生が部屋を出る直前のあまりにもさりげない一言だったので、聞き漏らしそうだった。

よく通る貴広の声だ。

「CEO主導の案件の中に入れておいてくれ。今度の役員会でも諮《はか》る」

「分かりました」

その発言に怜司は軽く頷いて、ぽん、と桐生の肩をたたく。

怜司はフレームレスの眼鏡をかけた怜悧《れいり》な印象の人だったが、その仕草は激励の意味なのだろうと思うと、桐生も嬉しかった。

「桐生くん」

「はい」

CEOである貴広の声に、桐生は気を引き締めて返事する。

「役員会は来週だ。それまでに企画書を再度提出するように」

「承知しました」

このCEOの下で働いている誇らしさと、けれどあしらわれたようにも思われる悔しさと、色んな気持ちがごっちゃになり、足早に桐生は部署に向かった。

今までだって何もかもがうまくいくことなんてなかったけれど、格の違いに打ちのめされるような経験は初めてだった。

それでも見込みがないわけではないと言われたことが、かろうじて桐生のプライドを支えている。

(――次は、ぎゃふんと言ってもらうからな!)


部署に戻って、桐生はミーティングの結果をもとに、改めて書類を作り直す。

穂乃香が揃えてくれた資料は、とても助かったしありがたかった。

桐生が企画に夢中になってしまうことがあることは、チームのメンバーは知っているので、特に何も言うこともない。むしろ察して放っておいてくれることがありがたい。

穂乃香には、時間になったら帰っていいと言ってあった。

はいと返事をして、失礼しますね、と後ろ髪を引かれるように声をかけてくれた。

それに「お疲れ様」と返した。

「桐生さん、そろそろビルを閉めますよ」

そう警備員に言われて、その時間まで集中していたのだと気づいた桐生だ。

「すみません。すぐ、パソコン落とします」

馴染みの警備員は笑っていた。

「久しぶりですよねぇ。桐生さんに声かけるの」

「そういえば、そうですね」

数年前は今よりも企画書を作成することが多くて、よく残っては、こうして声をかけられていたことを思い出す。

「お若いからと言って、あまり無理はされませんようにね」

警備員に言われて、桐生は笑顔を返す。

「ありがとう」

そう言って、パソコンの電源を落とした桐生は、カバンを手に持ち、携帯を確認する。

メッセージの着信を知らせるコメントが残っていた。

『マンションにいますね。頑張って』

穂乃香からのメッセージだ。

仕事だけに夢中になっていた頃と違うのは、こうして連絡してくれる穂乃香の存在だ。

その瞬間、穂乃香に会いたい強い気持ちと、愛おしさと、自分を思ってくれる人がいる嬉しさが込み上げてきた。

桐生の自宅マンションは徒歩圏内なので、車を会社に置いて歩いて帰ることも多いのだが、今日は車で帰ろうと思う。

一刻も早く穂乃香の顔が見たいのだ。

マンションの駐車場に車を停めてエレベーターで上がる。自宅に帰る時にこんな高揚したような気持ちになることはなかったと改めて思う。

「ただいま」

玄関に靴は置いてあるけれど、穂乃香は姿を見せない。桐生は部屋の中に入っていった。

穂乃香はダイニングにいた。いたというか、寝ていた。

ダイニングテーブルにはラップをかけた食事が置いてある。

とても愛おしい気持ちになって、テーブルにうつ伏せている穂乃香の頬に、桐生は手を触れる。

(——ん?)

妙に温かい。

「穂乃香?」

「んっ……あ、聡志さんお帰りなさい……」

桐生に名前を呼ばれて、目が覚めたらしい穂乃香はゆっくりと顔を上げた。桐生を見上げる穂乃香の目が潤んでいる気がする。

「おい、大丈夫か?」

「んー?」

もう一度、穂乃香の額に手を触れると体温が高いように思った。

「熱、ないか?」

「熱……だから、寒かったんだ」

「寒いのか？　まずいな」

桐生は穂乃香を抱き上げる。

「ごめん。もしかして日中から体調悪かったのか？　気づいてやれなくて悪かったな」

仕事に集中しすぎて穂乃香のことを見てやれなかったことを桐生は悔やんだ。

——体調が悪かったのに、それに気づいてやることもできなかった。

なのに穂乃香は笑うのだ。

「ううん？　聡志さん、お仕事すご—く頑張ってた。いいの。楽しそうに夢中になってお仕事してる姿、カッコよかったよ」

いつもよりも舌っ足らずなのは、熱があるせいなのか。

桐生はクローゼットから穂乃香の寝間着を取り出す。

「着替えられるか？」

「うん。ねぇ、聡志さん、なんだか急にくらくらしてきたの……」

「……っ、おいっ！」

夕方、マンションの近くのスーパーで買い物をした穂乃香は気分がとてもよかったのだ。

◇◇◇

そのスーパーは高級食材がたくさん置いてあり、いかにもこの辺りの高層マンションにお住まいという感じの奥様方がゆるりとお買い物をしている。

(うふふー、嬉しいなー)

今日の桐生は、仕事にとても夢中になっていた。

いつものように淡々と仕事をこなしていく姿も好きだが、今日のように夢中になっているところも、悔しそうな顔も……聡志さんには悪いけれど、ちょっと萌えちゃったわ。

しかし帰宅の少し前くらいから、穂乃香は少し頭が痛いような気がしていた。

それでも、せっかくのお泊まりなのだから！　と張り切ってしまい、穂乃香はその身体の信号を見過ごしたのだ。

料理を作り終わる頃には寒気がしてきて、これはまずいのでは？　とは思った。

そうして携帯を見る。

先ほど桐生に送ったメールは既読にもなっていなかった。昼間のあの様子では、夢中になって仕事をしているのだろうし、それを邪魔したくはない。

「んー……」

そうして画面を見つめているうち、ことんとテーブルに頭が落ちていたのだ。


それからの穂乃香の記憶はとても曖昧だ。

桐生が帰ってきて、声をかけてくれたことは覚えている。抱き上げてベッドに寝かせてくれて、とても身体が楽になった。

そうしたら今度はやたらと寒くなって、寒い寒いと桐生に言った気がする。

桐生は見たことがないような心配した顔で、穂乃香のことを覗き込んでいた。

(大丈夫、聡志さん)

そう言いたいのに、うまく話せない。

「穂乃香、保険証は持っているか?」

(保険証……?)

「バッグ、お財布に……」

「分かった。穂乃香、抱き上げるぞ」

ブランケットにくるまれて、ふわっと身体が浮き上がる。

車に乗せられている感覚があった。

「穂乃香、受付してくるからしばらくここで待ってろ」

消毒液のにおいと桐生の荒らげた声。大丈夫ですよーという女性の声と、とろりと襲いかかる眠気。

（――病院……？）

病院に到着し、意識が朦朧《もうろう》としていた穂乃香にはベッドが用意された。診察を受けている間も桐生が側にいなくて、穂乃香は心細かったのだ。点滴を受けている部屋の外から桐生が声を荒らげているのが聞こえていた。

「俺は彼女の婚約者ですよ!?　一緒に住んでいるし、だからこそ不調の彼女をここまで運んだんだ。病状の説明も受けられない、側にいることも許されないってどういうことです!?」

「本当に申し訳ないとは思うんですけど、婚約者の方は家族ではないので、付き添いをお認めしていないんです」

「彼女の家族は今旅行中なんだ。即時に対応することはできない。頼む。顔だけでも見たい。無事か確認したいんだ」

普段から交渉の時に冷静さを失わない桐生が、こんなに声を荒らげているところを穂乃香は見たことがない。

穂乃香は小さく声を出した。

「聡志……さん」

「佐伯さん、意識戻りました？　高熱を出していたんですよ」

側についていてくれた看護師が穂乃香に声をかける。

「廊下の人……」

「婚約者さんなの？」

こくりと穂乃香は頷く。

その間にも廊下からは桐生の声が聞こえてくる。

「俺がいない間に何かあったら黙っていないぞ」

「桐生さん、少し静かにして。病院を出ていってもらいますよ」

そんな声が聞こえてきて、穂乃香は側にいた看護師に声をかけた。

「お願い……呼んで」

「そのほうがよさそうね。佐伯さん、とっても愛されているのね。待ってて」

そう言って苦笑した看護師は扉を開けた。

「桐生さん、佐伯さん、意識を戻されましたよ。今点滴をしていますから安静が必要です。桐生さんもお静かにね。佐伯さんが逆に心配されますよ。呼んでいらっしゃるので中にどうぞ」

一瞬扉が開いた気配がして、いつもの聞きなれた靴の音と、桐生の香りが近づく。

それだけで穂乃香は安心してしまった。

そっと桐生が手を握ってくれた気配がする。穂乃香はその自分の手を包み込むぬくもりを握り返した。

とてつもない安心感だ。

「どこにも……行かないで」

その穂乃香の声に一瞬、間が空いて、桐生の低い声が聞こえた。

「ああ、絶対どこにも行かない。側にいるから」

そうしてひんやりとして、大きな手が穂乃香の手を包んでくれたのを感じたのだ。

穂乃香はその手にひどく安心した気持ちになって、すうっと眠りにつくことができた。


翌朝、穂乃香は桐生の部屋で目を覚まし、昨日のことを思い出す。

桐生がベッドサイドの椅子で、ブランケットを半分ほどかけたままの姿で目を閉じている姿が見えた。

スーツのジャケットを脱いだだけで、部屋着に着替えてもいない。

帰ってきてから穂乃香を発見して、そのまま病院に運んでくれたのだ。

ベッドにいる穂乃香からも、桐生の目の下にくっきりとクマができてしまっているのが見える。

きっと心配しただろうと申し訳ない気持ちでいっぱいなのに、桐生の憔悴《しょうすい》したそんな姿にすら、穂乃香は胸がきゅんとしてしまう。

目が覚めた穂乃香は、昨日よりも身体が楽になっているのを感じた。

穂乃香はそっと声をかけた。

「聡志さん……」

「ん……」

桐生がゆっくり目を開ける。

「穂乃香？」

「聡志さん、ごめんなさい」

「昨日よりはよさそうだな」

穂乃香の姿を目にして、嬉しそうに笑った桐生がベッドに近づいてきた。そして、穂乃香の額に触れる。

「熱、下がったな。謝らなくていい。ただ……穂乃香、早く結婚しよう」

結婚は決まっていた。なのになぜ桐生はこんなに焦っているのだろうか。

「もどかしかった。病院でも婚約者というのは、家族ではないからと言われて。そんなことで大事な人を守れないようなのはイヤだと思ったんだ。熱があるだけだから大丈夫だと言われても、あんなに動揺したことはなかったな」

桐生はいつものように隙のない姿ではない。それでも、まっすぐな気持ちは穂乃香に十分に伝わっていた。

「俺は穂乃香の花嫁姿を見たいと思ってる。それに結婚式はきちんとやりたい。穂乃香のご両親も楽しみにされているだろうし、俺も楽しみだ。けど、もう待ちたくない」

ベッドの横で柔らかく穂乃香の頬を撫でながら、穏やかにそう話す桐生を穂乃香はただ見ていた。

胸がいっぱいになってしまって、穂乃香は言葉を返すことができなかった。

「穂乃香に、桐生穂乃香になってほしいんだ」

仕事に夢中になってキラキラしている時も、好きだと言ってくれるまっすぐな瞳も、
エッチなことをする時のいたずらっぽくて婀娜《あだ》っぽい表情も、そしてこんなふうに憔悴《しょうすい》した姿ですら、穂乃香は聡志のことを大好きで愛おしく思う。

大事だから、守りたいから結婚しよう、なんて桐生らしい言葉だ。

この人のそういうところが好きなのだ。

「はい。聡志さん。結婚しましょう」

自然と距離が近づいて、きゅうっと抱きしめ合った二人は、この上もなく幸せな心地だった。

それから穂乃香は、桐生のマンションで過ごすことのほうが多くなった。

結婚式は先になるだろうけれど、両家の顔合わせの日に籍を入れてしまおうかなんて話しながら会社を出て、二人で帰ろうとしていた時である。

「穂乃香！」

ビルのロビーでひときわ目立つ容貌の雅人が、明らかにお怒りの様相で立ちはだかっていた。

「お兄ちゃん？」

こんなに頻繁に日本に帰ってくることはない雅人だ。

両腕を組んだ雅人が桐生をにらみつけている。その端正な顔立ちで立ちはだかっているのは相当に迫力があった。

「どうしたの？」

「すぐ帰るぞ」

そう言って雅人は桐生に何も言わず、穂乃香の腕を掴む。桐生は反射的に穂乃香の逆の腕を掴んだ。

「ちょっと何なの、二人とも」

こういう逸話を知っている。あれは自分こそが本当の母親だと主張する話だった。子供がかわいそうだと手を離したほうが本当の母親なのだ。

しかし、この二人は一切手を離すつもりはないようだった。

（——本当の母親は手を離すんだけどもね？）

「どういうことです？」

「心当たりがあるだろう。お前に穂乃香は預けられない。穂乃香は連れて帰る」

「心当たりなんてありませんね」

「先週、穂乃香が深夜に病院に運ばれたと聞いたが？」

運ばれた、というか運んでくれたのは桐生だ。

なのに、雅人にそう言われて桐生は押し黙ってしまったのだ。

「やはり心当たりがあるようだな。行くぞ穂乃香」

「ちょ……なに言ってるの？　もうほとんど聡志さんと一緒に住んでるのに！」

「あの時こいつは何と言った？　俺が守ると言って、一緒に幸せになると言ったんだ。なのにまさか守れずに、夜中に穂乃香が病院に運ばれる羽目になるとはな？」

「違うわ！　聡志さん、何か言って！」

「本当のことだ」

桐生が穂乃香の手を離す。

「違うのに！　お兄ちゃんのバカ！」

「バカはお前だ。聞いただろう。本当のことなんだ」

タクシーでそのまま実家に連れ帰られた穂乃香を見て母親が驚く。

「お兄ちゃん⁉　どうしたの？　穂乃香ちゃん、桐生さんは？」

「知らない！　お兄ちゃんに聞いて！」

まっすぐ実家の自分の部屋に駆け込んだ穂乃香は泣きそうだった。

（ひどいわ！　まったく話を聞かないお兄ちゃんも、手を離してしまった聡志さんも！）

ベッドに突っ伏して、穂乃香は枕をぎゅうっと抱きしめる。

しばらくすると外で大きなブレーキ音がして、車のエンジンが止まる音が聞こえた。

多分桐生の車だ。

けれど、穂乃香はベッドから顔を上げなかった。

階下では雅人と桐生が激しくやり合っているのが聞こえる。

桐生はあの時、穂乃香をちゃんと守ってくれた。なのにどうして雅人にきちんと穂乃香を守った、とハッキリ言ってくれないのか。

「本当に何の問題もないのなら、穂乃香は今も桐生君といただろう。けど顔も見せないんだ。これが現実じゃないのか⁉」

「雅人、勝手なことを……」

穂乃香がそんな雅人の声を聞いてあわててベッドから身体を起こし玄関に向かったの

だが、桐生はすでに姿を消していた。

「お兄ちゃん！」

「なんだ？　穂乃香、ハイスペックな男が好みならいくらでも紹介してやる」

「大っ嫌い!!」

「は!?」

桐生の後を追おうと外に飛び出そうとした穂乃香は、玄関を出たところに立っていた桐生の胸に思い切りぶつかる。

「……痛った」

そのまま穂乃香の背中に桐生の手が回って、強く抱きしめられた。

「ごめん」

絶対に離すまいとするくらいの腕の強さだった。

「許さないわ」

そう言って穂乃香は桐生の上質なスーツの胸元をぎゅっと握りしめる。

「私の手を離したわ！」

「ごめん。もう絶対に離さないから」

「許さないからっ」

口で言っていることとは裏腹に二人はぎゅうっと抱き合っていて、穂乃香を追おうとした雅人も何事かとドアから顔を出した両親も驚いている。

「穂乃香!!　そいつから離れろ！」

「いや！　絶対離れないから」

穂乃香は桐生にぎゅうっとしがみつく。

「許さないと言っていただろう！」

「許さないけど離さないわ！」

穂乃香と雅人が言い争う中、桐生は穂乃香の身体をそっと離した。

「聡志さん……」

「ん。本当にもう離さない。けど雅人さんとは話す必要があるだろう？」

「こんな分からず屋、放っておけばいいのよ」

「けど、穂乃香、結婚するならば家族に祝福されてほしいよ。だから話すべきだし、ここで俺は伝えておかなくてはいけない」

冷静にそう話す桐生はプレゼンモードで、悔しいけど穂乃香の好きな姿で、すっごくカッコよくて、そんな場合ではないのに見とれそうになる。

ポンポンと頭を撫でられて、桐生のその顔でじっと覗き込まれたら、穂乃香には逆らうことはできなかった。しぶしぶ穂乃香は頷く。

そこへ雅人の声が響いた。

「申し開きか？　いいぞ、聞いてやろう。僕は心が広いからな」

（――どこがだよっっ!!）

その場にいた全員の心の叫びだ。

桐生と雅人の対決は、佐伯家の客間に場所を変えたのだった。


「聞こうか？」

腕組みをする雅人を、桐生はまっすぐ見返した。

「確かに病院に駆け込まなくてはいけないような事態になったことはお詫びします。俺はずっと側にいたのだし、気づいてしかるべきだった」

「だって、それは私が無茶して……」

「それでもだよ、穂乃香。それほどまでに頑張り屋だってことを失念していた俺が悪かったんだ」

つい口を出してしまう穂乃香にも、桐生は柔らかくきっぱりと伝える。

「今後はそれもちゃんと視野に入れて見守っていく。これからだって無理しそうになることはたくさんあるだろう。そして、穂乃香は気を遣う性格だから、それを俺に言わないこともある。でも、穂乃香、俺にだけはちゃんと言ってくれ。それが一緒にいることの意味だ」

こくりと穂乃香は頷いた。

穂乃香が無理してしまうことで桐生に心配をかける。桐生を大事に思うのなら、穂乃香は自分自身も大事にしなくてはいけない。

それは穂乃香が病院に運ばれて分かったことだ。

「俺もしんどかったら穂乃香に言うかもしれないしな」

そう言われて穂乃香も気づいた。もし桐生が一人で穂乃香に何も言わずに苦しい思いをしていたら、きっと悲しくなる。

隠されていたら、言ってほしかったのにと思うだろう。桐生もきっともどかしくて悲しい思いをしたはずだ。

「確かにその通りだわ。言ってほしい」

「気づけなかった俺は、雅人さんの言う通り、穂乃香を守れなかったのかもしれません」

桐生が頭を下げると、母がそうっと言った。

「でも、あの日は私もお父さんも旅行に行っていていなかったから、仕方なかったわよねぇ。むしろ桐生さんがいてくださってよかったわ。お家で一人だったら穂乃香ちゃんが倒れていたこと、私たちが帰ってくるまで気づかなかったかもしれないもの」

「は!?　二人ともいなかったのか?」

言わなかったかしら?　と母は首を傾げている。

「病院への手続きもご連絡も全部不自由な中、桐生さんがやってくださったと聞いて、本当に申し訳なかったわ」

「不自由？」

母の言葉を雅人は繰り返す。

「婚約者は家族ではないとか言われて、とっても大変だったのよ」

「つまり……？」

「言ってみれば、穂乃香の恩人でもあるわけよね」

「なぜ、早く言わない!!」

（えー!?　逆ギレ!?）

文句を言ってやろうと口を開きかけた穂乃香を桐生が察して、手で合図する。

「いや、でも雅人さん、俺も反省すべきところはありましたから。穂乃香の不調に早く気づいてやれなかった。これは反省して、今後もしっかり見守っていきます。それから、病院では迅速に対応してもらえなかった。これについては籍を入れることで解決するでしょう。次はないと考えています」

「でもさっき手を離したことは怒っているから」

今度は穂乃香が膨れていた。

「今言った通りで、そんな事態になったことを俺も反省していたからな。事実は事実だし。その点についても反省してる。そうであっても手を離すべきではなかった。車の中で悔やんでも悔やみきれないくらい後悔したよ」

「……」

「穂乃香、俺は反省することはあっても後悔することはない。けど、本当に後悔したんだ。もう、何があっても離さない」

真摯でまっすぐで、ゆるぎないその表情に穂乃香はうっとり見とれてしまう。

「離さないでね」

「約束するよ」

穂乃香の家族がいる前でそんなふうに誓ってくれる桐生に穂乃香は惚れ直す勢いだったのだが、その場に雅人の低い声が響いて、どきんとする。

「つまり、僕はロンドンくんだりからこの茶番を見せられに来た、ということか？」

「茶番じゃないわよ、真剣だもの」

「それに雅人さんが言ってくれたから、改めて俺も気持ちを伝えることができたしな」

「なるほど、それはよかった。桐生君、明日は休みだろう？　ぜひゆっくりしていってくれ」

何やら不穏な空気を身にまといながら、雅人は桐生に作り笑顔を向ける。

よかったよかったと、両親は早々に客間を出ていった。

雅人は客間にあるカップボードからグラスを取り出し、テーブルに置く。そして、部屋の奥にあるワインセラーからワインを取り出した。

以前と同じように、仕事の話になると穂乃香には難しすぎてついていけず、二人が夢中になって話し出したので、適当なところで休むことにした。

やはり、桐生はあの兄すらも打ち負かすことのできる人物だったと、穂乃香は一人ほくそ笑んだのだった。


翌日起きた時、兄の姿はなかった。

佐伯家のリビングのソファでは桐生がクッションを抱えている。

「おはよ、聡志さん」

「おはよう……」

まだお酒の残ったような顔をしている桐生だ。

「雅人さんなら朝一で空港に向かったぞ。俺は完全に二日酔いなんだが、あの人タフすぎるだろ」

「お兄ちゃんに付き合ったの？」

穂乃香は驚いた。兄に最後まで付き合いきった人を見たことがないからだ。

「あの人、ワインは水みたいに思っている人よ？　寝なくても平気すぎて、学生の時はアンドロイド説が出てたわ」

「納得だな」

　穂乃香は冷蔵庫から水を出し、コップに注ぐと、リビングのソファに沈んでいる桐生に差し出した。

「サンキュ。けど、最後は『お前もやるな』って言われたから、あれでよかったんだろ。認めさせたかったからな」

　そう言って力なく笑う桐生に、穂乃香はぎゅうっと抱きついた。

「ありがとう、聡志さん」

　頑張ってくれたのは、穂乃香の兄である雅人に認めさせるためなのだと分かっている。

　ちゅ……と穂乃香はキスをした。

「聡志さんっ！　お酒くさいわ！」

「分かってる。止める間もなくキスしたのは穂乃香だ。頭痛い。ここまで飲んだのは本当に久しぶりで……あー、も……」

　そこで限界だったのか、穂乃香にこてん、ともたれて桐生は眠ってしまった。

「お兄ちゃんてば……」

　雅人が潰したのは間違いないが。それでも桐生が頑張ってくれたことも間違いない。

「ありがとう、聡志さん。大好き」

穂乃香はもう一度桐生をぎゅうっと抱きしめた。

エピローグ

その日、穂乃香は朝早くに目を覚まし、大きく伸びをする。

今日は長い一日になるからだ。

自分の部屋のカーテンを開けると、淡い夜明け色の空と、良い天気になりそうな陽の光が見えた。

「慶雲昌光《けいうんしょうこう》」だ。

慶雲昌光《けいうんしょうこう》とは、おめでたい雲に美しく輝く日光のことで、雲は吉兆を運び、日光は生活に輝きをもたらすもの、と言われている。この門出にこれ以上ふさわしいものはなく、穂乃香はそれを心から嬉しく思った。

穂乃香はそのままベッドを下りて、シャワーを浴びメイクをする。

ずっと最近は桐生のマンションで過ごしていたけれど、今日は特別だ。実家の自分の部屋で最後の夜を過ごした。

自分の部屋のドレッサーの前に座る。メイクはあまり派手にはならないように、肌の質感を整えて、優しくふんわりと見えるようにした。

（――もしも華やかさが足りなかったら、あとで足しましょう）

準備が終わったころ、母から声がかかる。

「穂乃香ちゃん、着付けの先生が見えたわよ？」

「はあい」

いつもは乗り気ではない着物なのだが、今日は別だ。

客間の衣桁《いこう》に華やかな振袖が掛かっていた。牡丹《ぼたん》色が華やかな振袖だ。

この日のために、桐生が仕立てを急がせたものだった。桐生は穂乃香のためならありとあらゆる伝手《つて》を使おうとするのだから、困ってしまうけれど、その気持ちは嬉しい。

振袖は見ているだけでも気持ちが浮き立つような、素晴らしいものだった。

昔からのなじみの着付けの先生も、今日の穂乃香の仕上がりには大満足の様子だった。

「本当にお人形さんのようね」

お見合いの時は着なくてもいいと思った着物だけれど、こんなふうに贈られてしまったら穂乃香も桐生に着て見せてあげたいなと思うのだ。

「どう？　できた？」

と部屋を覗く母や叔母も今日は着物だ。

「まあ！　可愛い！」

「やっぱりお人形のようね、穂乃香ちゃん」

あえて髪はアップにせずに、髪飾りをつけてさらりと肩から流した。そのため、より日本人形のような見栄えになっているのだ。

母は本当に心から嬉しそうだった。

雅人が乗り込んできた日、家族の前で改めて穂乃香を大事にすると桐生が誓ったことも、桐生の信頼感を増すできごとで、家族としては安心して穂乃香を送り出せると思ったようだ。

また先日、雅人が来日した時に『悪くないいんじゃない？』と言い残していったこともある。他人を厳しい目で見る雅人が認めることは珍しいのだ。

通常なら、このように両家が集まるのは結納ということになるのだろうが、今日、桐生は婚姻届を持ってきていて、両家の前でそれを書き、今日中に提出するという運びになっていた。

『もちろん、結婚式、披露宴は改めていたします』

と相変わらずの見事なプレゼンともいえるような挨拶を披露したのが先月のことだ。

穂乃香も桐生の実家に連れていってもらい、挨拶をしてきた。

桐生の母とは顔を合わせたことがあるが、父親とは初めてだ。

それでも、可愛くて礼儀正しい穂乃香はとても気に入られて、和気あいあいとお話しして帰ってきたという経緯がある。

入籍から結婚式の流れについては、両家とも何も言い返すことはできず、頷くことしかできなかったのを、穂乃香はそうだろうなあ……という気持ちで見ていた。

雅人さえ負かすほどの桐生のプレゼン能力だ。

「本当によかったわ」

と涙ぐむ母が嬉しそうで、穂乃香もいろいろあったけれど、桐生と出会えてこの日を迎えられたことは、まるで奇跡のようだと思う。

「穂乃香ちゃん？　桐生さんとは現地集合でいいのね？」

「はい。ホテルのレストランの個室を押さえてあります」

「おい、タクシー来たぞ」

「出ましょう」

穂乃香は、外に出て自宅を振り返る。

大好きで、今まで穂乃香を守ってくれていた家だ。ここに帰ってくるのはあたりまえのことだと思っていた。

けれど、今日からは穂乃香は、桐生と家族として新しい生活を始めることになるのだ。

とても感慨深い気持ちになった。

いつでも帰れるはずなのに、なんだかさびしい心地。

「穂乃香ちゃん、行くわよ」

「はぁい」

母の声に、さびしい思いを振り切るように、穂乃香は車に足を向けた。


ホテルに到着して個室に案内されると、すでに桐生家は揃っている。両家で挨拶を交わした。

「佐伯さん、改めて穂乃香さんを幸せにいたします。結婚の許可をいただきたい」

向き直った桐生は、穂乃香の父に背筋を伸ばして、まっすぐそう伝えた。穂乃香の父は軽く笑う。

「桐生くんは意外と真面目なんだよな。僕が許可する時代でもないだろう。お見合いと聞いたけれど、君と穂乃香はとても気が合うようだし、今も大事にしてくれている。二人で幸せになりなさい」

「ありがとうございます」

(本当に聡志さんのこういうところ、見とれちゃうのよね……)

きりりとした桐生と父とのやりとりをつい、ぼんやり見てしまう穂乃香である。それはいつものことだ。

「穂乃香ちゃん」

叔母はそうっと穂乃香に声をかけた。

「桐生さんて、すごく素敵ね」

穂乃香は迷いなく笑顔で頷いた。

「はい」


「穂乃香」

「はい、聡志さん」

桐生に呼ばれて、近くの席に移る。桐生がカバンから書類を出した。

それは「婚姻届」と書かれた薄い書類だ。

「いいか？」

お互いに迷いがないことなんか分かっている。

「もちろん」

にっこりと笑った穂乃香に桐生も笑顔を向け、署名を入れた。桐生からボールペンを預かった穂乃香も、そこに署名を入れる。

聡志はその場にいるみんなに頭を下げた。

「今日はお忙しい中ご参集いただいて、ありがとうございます。お見合いという形ですが、運命的ともいえる出会いをしたと思います。今後、いろいろなことがあるとは思いますが、それも二人で乗り越えていきたいと思っています。今後もご指導ご鞭撻《べんたつ》のほど、よろしくお願いいたします」

その場に湧いた拍手は自然発生的なものだったのだろうと思う。

思う存分拍手している父や、目元を押さえる母や、もらい泣きしそうになっている叔母が穂乃香の目に入った。

穂乃香は胸がいっぱいになって、とても温かい気持ちになったのである。

これを幸せと言うんだ。

そう、心から思った。


食事が終わり、穂乃香と聡志は車で役所に向かう。今日はホテルで一泊することになっていた。

結婚式やハネムーンは別にするとしても、この特別な日には特別に過ごしたいね、と二人で話して決めたことだった。

もちろん宿泊するホテルは、あのお見合いをしたホテルである。

「婚姻届は受理されてはじめて結婚した、というものだからな」

実を言えば、昨日のうちに役所で二人の署名以外の部分は全部チェックしてもらっているのだ。

「ぬかりはないもんね！」

穂乃香は優秀なアシスタントとして変貌を遂げつつある。そんな穂乃香を桐生は微笑ましく見守っているのだ。

「さっさと提出して早くホテルに向かおう」

桐生は車を役所に向ける。

「早くゆっくりしたいの？」

「その着物を俺の手で脱がしたい」

「アレはできないし、やったら怒るから」

着物をもらった後、お礼の電話をしたら、

『アレできるかなぁ？　帯でくるくるーってなるやつ』

『あーれー、みたいなやつ？』

『そうそう』

なんて笑っていたけれど。

まさか、本気ではないと思いたい。

「結婚記念日って今日なの？」

ふと湧き上がった疑問を穂乃香は桐生に尋ねてみた。

「毎年祝うなら入籍記念日、結婚記念日って年に二回祝えばいいだろう？」

ハンドルを握っている桐生がさらりとそう言う。

年に二回。それは素敵だ。

「二人で決める祝いごとなんだから、そうやって二人で決めていこう」

桐生の臨機応変で柔軟なところが穂乃香は大好きだった。

「聡志さん、大好き。私を幸せにするのは聡志さんしかいないと思う」

信号で止まった桐生は穂乃香の頬をふわりと撫でる。

「穂乃香がいつも俺を幸せにしてくれてるのに。愛してる。絶対に手離さない」

今まで見た中で一番俺様で、一番優しくて、一番幸せそうな表情で桐生が穂乃香を見てくるから、穂乃香の胸はきゅんと大きく跳ねてしまったのだった。


——もう、会社なんてやめてやるんだから!!

そう決意して挑んだお見合いで、自分を嫌っていると思っていた上司が現れるなんて思っていなかった。

だから穂乃香はあの日、かなりやけくそだったのだ。

仕事ができないと蔑《さげす》まれて嫌われていると思っていた上司に『結婚して辞めようと思っている』と言ったら、その上司と身体の関係ができてしまった。

穂乃香はそれを身体だけのものだと思っていたけれど、実は桐生は真剣に穂乃香とのことを考えてくれていたのだ。

そうして、仕事と見まごうほどの恐るべきスピードで結婚までの道筋をつけてしまった。

けれど穂乃香は、流されたわけではない。いつも穂乃香が見とれてしまうくらいに仕事をこなす桐生を尊敬しているし、穂乃香にとろけそうに甘いところも大好きだ。

桐生は男女、年齢問わずに人を魅了してしまうような人物だ。

会社の部下だって、どうのこうの言っても、桐生のことを尊敬していて好きなのは見ていて分かる。

そんな人が自分にだけに甘いというのは、とても光栄で嬉しいことなのだ。

離さないと言ってくれている桐生のことを穂乃香も離すつもりはなかった。

そうして、二人は結婚した。

◇◇◇

ホテルには、事前に婚姻の記念日の宿泊であることは伝えてあった。

そして、あの日レストランで料理を食べ損ねた二人は、今度はレストランで食べようね、と食事も予約していた。このホテルのフレンチはミシュランの星付きである。

桐生が予約した部屋は「パノラマスイートキング」一泊二十万円也っ。

まだ着物姿のままだった穂乃香は、その部屋にはしゃいだ声を上げる。

リビングダイニングのテーブルには「CONGRATULATIONS」とカードのついたフラワーアレンジメントがおかれていて、もちろん寝室のベッドにはピンクのバラが品よく配置されている。

落ち着いたベージュが基調のインテリアに華やかな花が映えて、自然と気分が上がってしまうのだ。

お見合いの時はスーペリアキングの部屋だったけれど、パノラマスイートとは比べるべくもない。

角部屋の客室はコーナーに寝室があり、窓が二面にわたって大きく取られている。これがパノラマスイートと呼ばれる所以《ゆえん》だ。

寝室からパノラマビューで街の夜景を楽しむことができるのだ。

「ここはバスルームからも夜景が見えるからな」

「とっても素敵なお部屋だわ。聡志さん、ありがとう！」

「穂乃香……」

窓から景色が一望できるリビングルームで、桐生は穂乃香の手を取った。

「これからきっといろんなことが起こると思う。けど、穂乃香と一緒なら乗り越えていけると思うんだ」

「大丈夫。私、すっごく粘り強いって言われるの」

「意外とそういうところあるよな。そんなところも好きだけどな」

そう言って桐生は穂乃香の指にそっと唇をつける。左手薬指の指輪の上だ。それは穂乃香には誓いのように感じた。

だからすました顔をして穂乃香は言葉を続ける。

「ええ。だから、すごくしつこく聡志さんのことも好きでいると思うの。覚悟していてね」

「俺も同じだから、似たもの夫婦になるかもな」

「夫婦」そんな響きが少しくすぐったくて、穂乃香は笑ってしまう。

くすくすと笑う穂乃香の頬を桐生は両手で挟んで、その唇にそっと口づけた。

「着物、着てくれてありがとう。今日一日可愛くて何度も見てた」

「振袖って一人で脱ぐのは大変なの。聡志さん、脱ぐの手伝ってくれる？」

「もちろん」

シュルッと音がして、背中の飾り帯が緩められる。すとん、とそれが足元に落ちた。

伊達締め、コーリンベルト、腰ひもを外していくにしたがって、桐生の表情が微妙になる。

「これ、大変すぎないか!?」

「だから大変って言ったじゃない」

脱ぐのを手伝って、というのは、けっしてエロい雰囲気にするための発言ではなかったと知って、がっくりとした様子の桐生だ。

むしろ、かなり必死に桐生は穂乃香が着物を脱ぐのを手伝ってくれた。

（ね、『あーれー』とか無理だから！）

食事は最上階のレストランのバルコニーを予約してあった。

天気が悪いと中での飲食になるらしいのだが、この日は天気も良く、宵の空気はさわやかで心地よい。

日が落ち薄暗くなりかけている中、高層ビルの照明が街を照らしているそのたくさんの明かりは、まだ一日の終わりを感じさせない。

あの明かりが点いているところでは誰かがまだ仕事をしているのだろうけれど、こうして離れたところから見ていると妙にその現実感は薄れて、ただ綺麗だ。

地表に点々と星をちりばめたように明かりが広がる中、日は落ちかけてビルの間に姿を消そうとしていた。外の風がさわやかに柔らかく二人を撫でる。

こんな時間を二人で過ごせてよかったと穂乃香は思う。

この特別な日をホテルで過ごそうと提案してくれた桐生はやはりできる人だ。

「穂乃香、飲むか？」

「少しだけ飲みたいかな。気持ちいいし」

「だな。外での飲食も悪くないよな」

桐生はリストを確認してスパークリングワインを一本頼む。

「そうやって私のためにいろいろしてくれる聡志さんが大好きよ」

「穂乃香のためにだけしてやるよ。最初に約束しただろう？　溺愛するって」

そうだった。溺愛する、と約束してくれたのだ。桐生はその言葉を守っている。

穂乃香はにっこり笑った。

「されてます。自覚してるわ。聡志さん愛してる」

「メロメロにされそうだ」

「なってね」

くすくす笑う天使の鼻を桐生はきゅっとつまんだ。

「可愛すぎだ」

飲み物を用意した給仕係はバルコニーに出る機会を完全に失ってしまっていた。

国内の厳選素材をベースに、日本の繊細な技法で伝統的なフランスのレシピを昇華させたフレンチダイニング――というのがレストランの売りで、それは非常に素晴らしいものだった。

二人ではしゃぎながら楽しく食事を進めていく。お祝い用のデザートは穂乃香にはピンクのストロベリーのバラがデザインされていて、桐生には白いホワイトチョコレートのバラのデザインだった。

穂乃香は桐生の皿の上のデザートをじっと見てしまった。

(ホワイトチョコレートも美味しそうなんだけど)

そんな穂乃香を、口元に笑みを浮かべながら桐生が見ている。穂乃香は気づいていない。

「両方食べたいんだな?」

「え? なんで分かったの?」

「顔に大きく書いてあるぞ」

慌てて穂乃香は顔を押さえる。

「そんなに!?」

くすっと笑った桐生は、ナイフで切ったデザートの欠片《かけら》を穂乃香の口に入れてやった。

素直に穂乃香があーんと口を開けるので、今すぐ部屋に連れ帰りたくなった次第だ。

「美味しいっ。すごーく幸せ。ありがとう、聡志さん!」

幸せそうな穂乃香を見るのも好きだし、こんなふうに言葉にしてくれるところはなおさらだ。

部屋に戻ると、ダイニングテーブルにはシャンパンとフルーツが置かれていた。至れり尽くせりだ。

「わ！　すごい素敵！　ねえ、聡志さんっ！」

ダイニングに足を踏み入れ、ホテルの心遣いに穂乃香ははしゃいで喜ぶ。苦笑した桐生は、後ろから穂乃香を抱きしめた。

素直に身を任せると、桐生は穂乃香に深く口づけた。

「ふ、んっ……」

「もう、俺だけを見ろよ」

ベッドに運ばれる間、穂乃香は言われたその言葉の意味が分からなくて、首を傾げる。

「聡志さんしか見てないよ？」

「料理とかデザートとか夜景とか、そんなのばかりに釘づけだっただろう？」

「え？　それはせっかく来たから……」

「穂乃香は俺だけ見てろ」

そう言って、桐生は穂乃香をベッドの上にそっと下ろした。

「もう、ヤキモチ焼きさんねっ」

「こんなふうに思ったり、言ったことはないよ」

その告白には穂乃香はとてもどきん、としたのだ。

「それって、そんなふうに思ったのは、私だけってこと?」

「そうだな」

桐生は穂乃香には、そんな感情すら知られても構わない。

穂乃香は、ふわりと頬を染めた。

「どうした?」

「だから……、ズルいんです、って……」

「ん?」

甘く尋ねて唇を重ね合わせる。

先ほどの誓うようなキスとは違って、官能を呼び覚ますための、濃厚なとろけそうに絡み合うようなキスだ。

「急にそんなこと言ったりするから、どきどきしちゃうから……」

「どきどきしろ」

そうして、もっと桐生から離れられなくなればいいというように、キスだけでもとろとろの穂乃香の耳を軽く咥《くわ》えて、穂乃香、と呼ぶ。

穂乃香の身体は緩くうねり、甘い声を上げてしまう。

桐生がそっと穂乃香が着ていたワンピースの前ボタンを外す。

首から胸元にかけて、白くて綺麗な穂乃香のデコルテが露《あら》わになる。

スカートの下に入った桐生の手が、ふと止まる。

「ん、これ……」

桐生が気づいたことを理解した穂乃香は、じっと桐生を見つめる。

「全部、見ていいよな？」

こくっと穂乃香が頷く。

太ももまでの白いストッキングと、白いレースの下着とセットのガーターベルト。

特別な、今日の日のために買ったセクシーな下着のセットだ。

「エロすぎ……」

「可愛くて買っちゃった」

「うん。すげー似合う」

桐生の言葉に、急に恥ずかしくなってきた。

「こんなワンピースの下に、こんなの隠してたなんてな」

「ちが……」

「違わないよな？　隠すなよ」

穂乃香の手を取って、桐生は指先を絡め合わせる。

「俺のためだよな？　俺に見せたかったんだろ」

こくっ、と穂乃香は頷く。

肌が内側から発色するかのように色づいているのが自分でも分かる。

「そういうところが、たまらないよ」

そうして、桐生はほとんど下着を脱がさないで、穂乃香に触れた。

穂乃香が涙目になって、お願いっ……と言うまでそれは続いて、やっと肝心なところに触れた時には穂乃香はもう息も絶え絶えだった。

「いじわるっ……」

「穂乃香がもっと早くおねだりしたらいい。そうしたら、俺はすぐにでもしてほしいようにしてやるけど？　どうされたい？　言えよ」

「触って、舐めて……挿れて」

「よくできたな」

穂乃香の口からそれを言わせたことで大満足な桐生に、散々穂乃香は翻弄されてしまったのだった。

◇◇◇

見合いなんて本気じゃなかった。

だけど、穂乃香が現れた。そして、『結婚して辞めようと思っている』なんて言うから。

それほどまでに仕事に嫌気がさしているのかと思ったら、ショックだった。何せ、自分は直属の上司なのだから。

そのくせ、オフの穂乃香はやけに無防備で可愛くて。

ふわりとその頬に触れた時に感じた衝動は抑えられなくて、そのまま抱いてしまった。

それが、誤解のもとになるとも思わずに。

誤解が解けて結婚を決めても、穂乃香のもとには崇拝者が雨後のたけのこのように出てきた。

穂乃香の気持ちを疑ったことはないけれど、排除するのに必死にならなかったかと言うと嘘になる。

こうして、朝起きた時にすやすやと安心したように眠っている穂乃香を見るのが、今の聡志の幸せなのだ。

起こしたくないくらいに安らかな眠り。

安心しきって、すり……と聡志に擦り寄ってくる穂乃香が愛おしくて、起こさないようにそっと抱きしめた。

もちろん、どんな姿も愛おしいけれど、いちばん無防備なこの姿を見られることにこそ幸せを感じる。

夜に散々抱き潰す寸前まで抱き尽くしてしまうので、朝早く起きてくることは困難なのだけれど、無理はしなくていいと桐生は思っている。

ひと足先に自宅を出る桐生を見送る時に、ネクタイを結べるようになった穂乃香が時折きゅっと直してくれるのが、嬉しかったりもするから。

翌日は、少しゆっくりめの時間にモーニングのルームサービスを頼んだ。

向かい合わせで座る穂乃香はシャワーも浴びて、食事をしてから着替えようとバスローブ姿だ。

桐生はコーヒーを口に含んで笑った。

「聡志さん？　どうしたの？」

「いや……その姿」

ん？　と穂乃香は自分の姿を確認する。

「バスローブ？」

「そう。ホテルにバスローブ……このシチュエーション、覚えがあるだろ？」

相変わらず、綺麗なテーブルマナーで桐生は食事をしていた。

「あの時、俺は目のやり場に困ってた。穂乃香は見たことない姿だし、それまでは部下としてしか見ていなかったけど、女性なんだととても強く思ったからな」

「私……は、聡志さんは彼女にはきっと優しい人なんだろうなって思ってた。それは、すごく本当だったけど」

それにあの時桐生はスーツだったけれど、今日は彼もバスローブだ。

それだけ二人の関係性は変わったんだと思う。

「へえ？　彼女に優しい？」

目を細めて穂乃香を見る桐生は相変わらずとてつもなく端正で、色気があり、穂乃香の好みど真ん中なんだと意識せざるを得ない。

「奥さんにもです」

だって、バスローブ姿の桐生は、すっごく扇情的なのだから、目を合わせたらそれだけでどきどきしちゃう。

というか顔を見ていたらどきどきしすぎて困ってしまった。穂乃香はうつむいて、それからちらっと桐生を見た。

桐生は口元を引き上げて穂乃香を見ている。

（こ……困ったなあ……本当に素敵すぎるんだけど）

二人きりで素敵なホテルで朝の時間をゆっくり過ごす、この時間が甘くて困る。

立ち上がった桐生は穂乃香の前に立った。

そっと腰を折り、うつむく穂乃香の顎《あご》に手を触れる。そうして、顔を持ち上げた。

あの時と同じ仕草。

穂乃香は端正な桐生の顔を間近で見て、鼓動が大きくなるのを感じる。

（……っわ、わざとだわっ！）

そう、最初から。結婚した今だって、こうやってどきどきさせられてしまうのだ。

「聡志さん……大好き」

「俺も大好きだよ」

桐生は穂乃香の座っている椅子の背に手をついた。

とても近い距離、好みの端正な顔立ちが甘く幸せそうに微笑んでいて、穂乃香の胸はもうどきどきと音を立てることをやめない。

しかも、わざと桐生は初めてのあの時を再現してみせているから。ゆっくり近づいてきた穂乃香の大好きな人は、そうっと穂乃香に口づける。

「あの時、穂乃香とお見合いしてよかったよ。でなければ、こんな幸せは味わえなかった」

キスだけでも、うっとりしてしまう。それくらいに大好きなのだ。

「私も」

「なあ、今度こそ誤解のないようにしっかり言っておく。愛してる、穂乃香。ずっとだ」

穂乃香は大好きな聡志の顔を両手で包んで、にっこり笑った。

「ずっとよ？」

最初はすれ違いもあったけれども、お互いの想いが通じ合ってからは、お互いが愛おしくて大事な存在となってしまった。

あの時、お見合いしてよかった。

今は二人ともそう思っているのだから。

お互いに好み。

桐生のSっぽいところも、穂乃香にだけ甘いところも大好きだ。

穂乃香のMっぽいところも、甘え上手なところも、天然なところも桐生は愛している。

俺様上司とお見合いしたら、溺愛されて、とっても幸せになりました。

それが二人のお見合いの顛末《てんまつ》なのだった。

書き下ろし番外編

俺様上司と新婚生活

結婚してからも穂乃香は桐生のアシスタントの仕事を続けている。別に無理なことは言っていないという桐生だが、アシスタントが務まる人物はなかなかいないのだそうだ。

仕事は仕事、プライベートはプライベート。

穂乃香も分けて考えることに違和感はなかった。

会社では桐生はどこまでも公平だし、奥さんだからと穂乃香を過剰に甘やかすこともしない。仕事中は頼りがいがあり、厳しく優秀な上司。

一方で、プライベートになれば穂乃香に溺甘で、時々楽しそうにいじわるする旦那様は相変わらずちょっぴりMっ気のある穂乃香との相性はばっちりだ。穂乃香は結婚しても充実した日々を送っていた。

「秘書課研修……ですか？」

穂乃香は上司との面談で首を傾げた。

そういえば、営業部に異動した時もこんな感じだったような気がする。

「そうです。佐伯さんは現在桐生課長の専属アシスタントとしてご活躍いただいております。今後のキャリアを検討した際に、秘書課は佐伯さんのスキルを活かせる部署ではないかと会社は考えています」

社内恋愛は禁止ではないけれど、夫婦で引き続き同じ部署に配属してもらっていることも特例だったのかもしれなかった。

それに今後のキャリアとかスキルを活かせると言われてしまうと、穂乃香に断ることはできない。

「承知しました」

面談を終え席に戻って言われたことを考える。

確かに桐生と仕事できることは嬉しいけれど、いつまでも一緒というわけにもいかないだろう。

しばらくして営業から帰ってきた桐生が穂乃香に書類を一式手渡した。

「佐伯さん、これ新規の書類だ。頼む」

「はい」

桐生という苗字が二人では紛《まぎ》らわしいのと、他の社員に下の名前を呼ばせたくない桐生の意向もあり穂乃香は旧姓のままで仕事をしていた。穂乃香はもちろんそれで構わなかった。

配属当初よりもぐっとスキルアップした穂乃香だ。短いやりとりの中で「新規」と言われたら、受け取った書類から先方のデータを確認し、そのデータを法務部に回付し取引先として問題がないか部長に稟議《りんぎ》を通すところまで一気に頭の中で組み立てられるようになっていた。

「面談、終わったか？」

「え？」

声をかけられた穂乃香は驚いてパソコン画面から顔を上げ、隣の桐生の顔を見る。桐生は苦笑していた。

（知ってたの？）

「研修だろう？　穂乃香のスキルを秘書課で共有したいと言っていたが」

「異動前提の研修なのかと思いました」

「俺としてはもう少しアシスタントでいてほしいが、会社としてはそれだけではもったいないと思っているのかもな。営業サポートをプロフェッショナルでできる人材はなかなか貴重だから。秘書課で役員対応できるのなら穂乃香のキャリアにはなるんじゃないか？」

今はまだ研修だと言われただけで、異動と言われたわけではない。けれど、いろいろな可能性を視野に入れながら仕事する必要があると穂乃香はこの二年、営業部で学んだのだった。

「キャリア……ですか」

「キャリア形成も大事なことだろう。俺は応援しているから」

キーボードに載せていた穂乃香の指先を桐生が指の背で軽く撫でた。他の人からは見えない軽い触れ合いに胸がドキンと音を立てる。桐生の仕草には穂乃香は未だにドキドキさせられてしまう。

人事から話をもらった当初は少し迷っていた穂乃香だが、桐生に応援しているとまで言われては断ることはできない。

そして穂乃香が研修のため秘書課へ移ったその一週間後に営業部から連絡が入った。

「聡志さんが倒れた？」

穂乃香の驚いた声に秘書課のメンバーが何事かと振り返る。内線電話の受話器を持つ穂乃香の手が震えていて、顔は真っ青だった。

「佐伯さん、ご主人？　倒れたの？」

営業部のエースである桐生聡志が穂乃香と夫婦であることは、もちろん秘書課でも周知されている。

桐生は後輩を連れて営業に出ていた際、帰りの車に乗る直前に倒れたのだそうだ。一緒にいた営業担当者がそのまま病院へ担《かつ》ぎ込んでくれたらしい。原因は分からず、今検査中ということだった。そのため家族である穂乃香のところに連絡が入ったのだった。

動揺する穂乃香に秘書課の同僚は声をかける。

「こちらのことはいいから帰って！　すぐにタクシーを呼びましょうか？」

「いいえ。社用車が一台空いているからそれで送ります。すぐ手配しますね。佐伯さんは駐車場へ」

さすがは秘書課のメンバーだ。てきぱきと手配され、気づいたら穂乃香は社用車に揺られて病院へと向かっていた。

（お願い！　聡志さん、死なないで）

桐生が聞いたら「死んでない！」と怒るところだ。穂乃香は動揺していた。

病院に到着し、受付に向かうと病棟を案内される。穂乃香は焦る気持ちを抑えて病棟に向かった。

教えられた病室のネームプレートには桐生の名前だけが記載されている。血の気の引く思いで穂乃香はドアをノックした。

「はい」

中からは桐生の声が聞こえて、慌ててスライドドアを開けた。

「聡志さん！」

桐生はベッドの上で困ったような顔……というか少し不貞腐《ふてくさ》れたような顔をしている。

ベッドの横には医師が立っていた。

「だ……いじょうぶなの？」

消え入りそうな声の穂乃香に対して、大きなため息が桐生から聞こえる。

「問題ない。過労だそうだ」

「過労……」

「家族が来ました。帰って問題ないですよね？　大きな病気でもないんだ」

医師に向かって桐生が尋ねると医師は淡々と返す。

「桐生さん、倒れるほどの過労は大きな病気です。帰したら無茶をすると分かっている患者さんを帰すことはできません」

「お願い、聡志さん！　しっかり治して！」

瞳を潤ませた穂乃香に懇願《こんがん》されて、桐生は言葉を詰まらせたのだった。

◇◇◇

原因など分かっている。今まで、何も言わなくても理解してくれる穂乃香が側にいて仕事をしていたのだ。そんな穂乃香が不在になり、桐生の仕事は一気に滞った。

もちろんチームのメンバーも頑張ってくれていることは十分に分かっている。だからこそ強く言うこともできず、終わらない業務は全て桐生が請け負った。普段どれほど穂乃香に頼っているか、痛いくらいに分かった。

長時間の残業のせいで帰りが遅くなっていたので、穂乃香を起こすのも忍びなくて、そっと一人ベッドへ入ることも多かった。

営業に出かけ、帰り際ふっと意識を失った。気づいたら桐生は病院にいたのだ。後輩は泣きそうになっていた。かわいそうなことをしたと思う。

「桐生さん、お食事していただけませんか？」

入院して数日、医師も淡々としていれば看護師も淡々としている。かと言って病人扱いされるのも腹が立つ。微妙な気持ちで桐生は入院数日を過ごしていた。食べなければいけないことは分かっているが本当に食べたくないのだ。

「本当に食欲がないんだ」

そう訴えると淡々と返される。

「では点滴にします」

それで構わない。病院での生活はゆっくりできるかと思ったら、意外とそうでもないことが分かった。朝は六時くらいに起こされて検温や食事の準備などがある。

桐生は個室なので部屋の中で歯を磨いたり顔を洗ったりしつつ、検温をする看護師が来るのを待つ。

「桐生さーん、失礼しますねえ。お熱いかがですか？　あら、微熱？　なかなか下がりませんねえ……」

それからは医師の回診ののち、検査。そんなことでほぼ午前中は潰れてしまう。

この日は午後にも回診に来た医師が検査の結果を見て「数値に変化が見られないんですよね。このままでは退院させられません」とつぶやいたのを聞いてしまった。

かといってこれ以上ゆっくりなどできない、したくないというのが桐生の本音だ。

――数値が改善しないってどういうことだ？　まさか、なにか取り返しのつかない大きな病気とか……

今まで大きな病気どころか、けがで入院したこともない桐生だ。一気に不安になってしまった。

もしも自分がいなくなったら、穂乃香には幸せになってほしい。本当は再婚などしてほしくはないが、穂乃香の幸せのためなら……いや、やっぱり嫌だ。

そんなことを考えていたら「聡志さん」と穂乃香がひょっこりと病室に顔を出す。

「穂乃香……」

可愛い。天使だ。

ここ最近見た顔といえば、淡々と表情のない医師か看護師か、逆に妙にテンションの高い看護師なのだ。

ふわりと微笑む穂乃香のことはいつでも可愛いと思っていたが、これほどまでに天使に見えたことはないかもしれない。

そこにいるだけで癒し効果がある。

「食欲がないんですって？　一緒にお食事しようと思ってお弁当を作ってきたの。大丈夫、看護師さんにも先生にもちゃんと許可をいただいたから」

穂乃香が病室でお弁当を広げてくれる。桐生は箸《はし》を渡そうとした穂乃香の手を掴んだ。

「穂乃香、俺にもしものことがあっても……」

急にそんなことを言い出す桐生に穂乃香はきょとんとしている。

「過労と軽い胃炎ですって。胃炎より過労の方が問題らしいけど。もしもはないと思うの」

「けど、数値が良くならないと退院できない」

「ねー？　どうして良くならないのかしら？」

不思議ねぇと穂乃香は首を傾げている。パソコンは入院一日目で取り上げられてしまったので、今桐生は仕事をすることもできないのだ。

穂乃香はにっこりと笑った。

「お弁当、食べましょう。聡志さんの好きなものを作ってきたから」

弁当箱には桐生の好物ばかりが詰め込まれていた。

「胃炎もあるから、無理はしないでね」

治ったらゆっくり温泉行きたいなとか、海外のリゾートとかもいいかもと穂乃香は自分でも食べながら、たまに箸《はし》で掴んだおかずを桐生の口に入れてくれたりする。桐生も自分で食べながら、穂乃香の好物を口に放り込むのは楽しかった。

「たまにはこんな風に食べさせあいながら食べるのも楽しいな」

いつもはダイニングテーブルで向かい合って座って食べているから、食べさせあうなんてあまりしたことはなかったかもしれない。

「ね！　おうちでもできるかな？」

「できるだろう？　隣に座れば」

「楽しみにしているね！」

明るく振舞うのは穂乃香の気遣いなのだと分かる。その時（ああ……）と気づいた。

不調の理由。

「穂乃香が不足していたんだな」

「え？」

現金なもので食事をしっかり摂《と》ったら、急に身体が回復してくるのが実感できたのだ。

それに加えて愛おしい穂乃香の笑顔や仕草を間近で堪能できた。一気になにかが沸き上がってきたのが桐生には分かったのだ。

空になった弁当箱を片付けてテーブルの上を拭いている穂乃香の手を桐生は掴んだ。

◇◇◇

「聡志さん？」

穂乃香はふわりと抱き上げられる。近くで覗き込んだ桐生の瞳にはいつもの力強い輝きが満ちていた。先ほど病室に入った時は本当に見たことがないほど打ちひしがれていて、「もしものことがあっても」なんて言い出すから心配したのに。

抱き上げられた穂乃香はベッドに倒される。とてもドキドキするし、嬉しいけれど身体は大丈夫なのだろうかと心配になってしまった。

そっと上目遣いで見上げると、キラキラと光る瞳といたずらっぽい笑みが返ってきた。

その中にも隠しようのない甘い雰囲気。

いつもの桐生だ。床ドンな状態で桐生の両腕の中に穂乃香は囚われて鼓動が大きくなってしまった。

「聡志さん……こ、こんなところで……それにまだ、身体が心配で」

穂乃香の口は桐生によってふさがれてしまって、反論なんて許してもらえなかった。

部屋に入った時の顔色の悪さなんてどこかに行ってしまっている。

穂乃香の心配なんていう言葉は桐生にはまるで聞こえていないようだ。

一気に舌が口の中に入ってきて絡めとられて、それはまるで貪《むさぼ》られているかのようだった。

(食べられちゃいそう……)

いや、実際に桐生はそのつもりなのかもしれない。

深く絡んで吸われて、キスだけのはずなのに妙にいやらしい、じゅっと唾液を啜《すす》るような音が聞こえて穂乃香は背中がぞくんとした。

「ん……あ、ちょっと……待っ……」

抗《あらが》っているはずなのに、その手をぎゅっと掴まれて頭の上でまとめられてしまったら、抵抗なんてできなくなってしまう。

「待てるのか？　穂乃香？」

低く耳元で囁く声。

背中を快感が走るなんてものではなかった。あらぬところからとろっと温かいものがこぼれたことすら実感する。

忙しくて最近はすれ違ってばかりだった。久々の行為に穂乃香はどこもかしこも敏感になってしまっていて、気づいたら桐生の与える快感に身を任せていた。

ぐっと押し付けられる桐生の昂《たかぶ》りにどうしたって穂乃香だって煽《あお》られる。ゆら……と揺れてしまう腰をぎゅっと引き寄せられ密着させられて、くらくらした。

穂乃香の敏感なところに桐生の昂《たかぶ》りをぐりぐりと擦りつけられて、着衣越しのはずなのにその熱すら感じるような気がする。二人とも服の一枚すらも脱いでいないのに、明らかに興奮して昂《たかぶ》っているのだ。その昂《たかぶ》りも熱もお互いに口にしなくても伝わっている。

「……あ」

「待てる？」

だってもう知っている。それを挿れられてしまったらおかしくなりそうに気持ちいいこと。着衣の上からだから妙にもどかしくて、想像ばかりさせられて焦らされてしまうのが余計に感度を上げているのかもしれなかった。

上気した顔で穂乃香は首を横に振った。

「言えよ、穂乃香。待てないって言って。欲しいって欲しがって。俺が欲しいって言えよ……っ」

「欲し……い。聡志さんが欲しいのっ。待てないよ……」

ぎゅうっと強く抱かれて下着をずらされただけの状態で、屹立《きつりつ》したものが穂乃香の中に入ってくる。

そのあまりの熱に思わず声が漏れてしまった穂乃香を桐生はくるりとひっくり返し、低い声で囁く。

「穂乃香、声が外に漏れる。枕、口元にあててな」

囁かれただけの吐息にすら反応してしまって、こくこくっと穂乃香は頷いた。

それから一気に貫かれて、穂乃香はびくびくっと自分の太ももが震えるのが分かった。

後ろにぴったりとくっついている桐生は激しくは動かない。病院のベッドでは激しく動けば軋《きし》んだような音が漏れてしまう。ゆるゆるとしたその動きで桐生はあやまたずに穂乃香の中のいいところをその剛直で強く擦る。

穂乃香は漏れそうな声を必死で枕に吸い込ませる。服を着たまま、ニットの隙間から滑り込んでくる桐生の指が穂乃香の胸の先端を引っかいた。こんなに荒々しくされたことはあまりないかもしれない。

いじわるしても甘くて優しいのが桐生だから。

「んんっ……」

「可愛い……声を押し殺してるのも、我慢できなくてこぼれちゃうのも、俺のこと離さないってぎゅってするのも」

「や、恥ずかしい……そんなこと、言わないで」

「俺にいじわるされるの好きなくせに？」

こんな……こんなのっ、良すぎるなんて言えない……っ！

「い……っちゃ」

「イけよ」

耳元に響く甘い命令に、穂乃香は全身がぞくぞくして達してしまったのを感じた。

◇◇◇

「数値が改善していますね。何かありましたか？」

いつもの医師に淡々と言われて、ごほごほっと桐生は咳き込む。同席していた穂乃香は真っ赤になっていた。

何かがナニかとは言えない。

「まあ……しっかり食べられたし……ですかね」

「ああ、奥様の差し入れですね」

つまり、しっかり寝てしっかり食べ、さらにしっかり穂乃香を堪能することで桐生は回復した。

（三大欲求、すごいな……）

睡眠欲、食欲、性欲全てが満たされ、体調も整ったということなのだろう。そのどれが欠けていても回復はしなかった。

その日、退院が許され桐生は家に帰ることができたのだった。

「穂乃香、一緒に風呂に入ろう」

「はい」

穂乃香はリラクゼーション効果のある入浴剤をバスタブの中に入れてくれて、バスルーム中がいい香りで満たされていた。二人でゆっくりとお湯に浸かる。

「一緒に入るの、久しぶりだな」

「うん。さびしかったの」

桐生が入院している間、穂乃香は一人で家にいたのだ。検査の結果がいつまで経っても良くならない中、心細かっただろうと桐生は察する。

「そうだな。ごめんな」

「やだ。一人にしないで」

いつもなら恥ずかしがる穂乃香が、桐生の方を向いてぎゅっと抱きつく。

「うん。そうだな」

桐生は穂乃香をぎゅっと抱き返した。ぬくもりも柔らかさも存在も全てが愛おしい桐生の大事な人だ。桐生の胸元に柔らかく穂乃香の胸がきゅっと押し付けられる。

「穂乃香、その気になっちゃいそうだ」

「したいの？」

濡れた髪と潤んだ瞳。真っ白で艶やかな肌を滑る水滴。上目遣いがたまらなかった。自分一人になることも耐えられないが、穂乃香を一人にすることも耐えられない。

「したいよ」

素直にそう言って、腕の中の穂乃香の頬にそっと手を触れて顔を近づける。触れ合う唇や柔らかく絡む舌はその愛おしさを確かめるためのもので、穂乃香の桐生への気持ちがつぶさに伝わってくる。

「したい。可愛がってあげるから、穂乃香、ここに座って」

座って、とバスタブのふちに座らせる。恥ずかしそうにしながらも素直にバスタブに腰かけるところが可愛い。

穂乃香は服の上からは分からないが豊かな胸の持ち主だ。その先端でつつましやかに主張するピンクの蕾《つぼみ》は舌でつつくと素直にツンと尖《とが》る。桐生はなだらかなお腹から薄い茂みへと唇を移していく。薄い下生えのさらに下を舌で触れると、穂乃香が大きく反応してしまうぷつりと勃ち上がった淫芽。それからしとどに露をこぼす狭間。その中はいつも桐生を包み込むように温かく溶かしてしまう。

恥ずかしそうにしていても、嫌がることはない穂乃香の全てがたまらない。バスルームでの情事は穂乃香の声がよく響くから、ここでするのも悪くない。

肌を打擲《ちょうちゃく》する音も声も肌の感触も全てを堪能しながら二人で目指す高みへと昇りつめる。この感覚も一緒にいる幸せも、きっと桐生一人では得られない。

一人でいた頃には得られなかった幸せだ。ずっとその幸せを共有していきたいのだ。

「穂乃香……愛してる」

「聡志さん、私も」

抱いたらきゅっと抱き返される幸せ。

一致しているのはもはや性癖だけではないだろう。

恋人にフラれ、彼と来る予定だったホテルを一人で訪れるというクリスマスイブを迎えた英奈《えな》。そんな人生最悪の日、彼女は魅力的な男性・守谷《もりや》と出会い、甘く官能的な夜を過ごす。これは一夜の夢だから…と連絡先も交換せずに去った英奈だったが、それから数ヵ月後、職場に突然真っ赤なバラの花束が届く。そこには『君を忘れられない』というメッセージがついていて――…!?

無料で読み放題
今すぐアクセス!
エタニティWebマンガ

B6判
定価704円(10%税込) ISBN978-4-434-33462-7

恋愛小説「エタニティブックス」の人気作を漫画化！

自分が大企業の御曹司・遥斗《はると》のフィアンセ候補だと知った、呉服屋の令嬢・詩乃《しの》。候補から外してもらう道を探すべく、遥斗の勤める会社に潜入したら、ひょんなことから彼の秘書にさせられてしまった！ これはチャンスだと考えた詩乃は、素性を隠したまま、遥斗が他のフィアンセ候補と結ばれるよう画策する。しかし、詩乃が他の女性を推せば推すほど、遥斗は詩乃のほうが気になるらしく、すべてを暴こうと迫ってきて……!? 結婚したくない令嬢と、どうしても彼女を逃したくない御曹司の駆け引きラブ！

無料で読み放題
今すぐアクセス！
エタニティWebマンガ

B6判　定価：704円（10％税込）
ISBN 978-4-434-33464-1

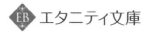

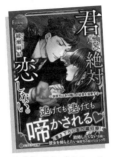

本書は、2022年10月当社より単行本として刊行されたものに、書き下ろしを加えて文庫化したものです。


この作品に対する皆様のご意見・ご感想をお待ちしております。

おハガキ・お手紙は以下の宛先にお送りください。

【宛先】

〒150-6019 東京都渋谷区恵比寿4-20-3 恵比寿ｶﾞｰﾃﾞﾝﾌﾟﾚｲｽﾀﾜｰ 19F
（株）アルファポリス　書籍感想係

メールフォームでのご意見・ご感想は右のＱＲコードから、
あるいは以下のワードで検索をかけてください。

アルファポリス　書籍の感想　検索

ご感想はこちらから

エタニティ文庫

極上《ごくじょう》エリートとお見合《みあ》いしたら、激《はげ》しい独占欲《どくせんよく》で娶《めと》られました
～俺様上司《おれさまじょうし》と性癖《せいへき》が一致《いっち》しています～

如月《きさらぎ》そら

2024年3月15日初版発行

文庫編集－熊澤菜々子・大木 瞳
編集長－倉持真理
発行者－梶本雄介
発行所－株式会社アルファポリス
〒150-6019 東京都渋谷区恵比寿4-20-3 恵比寿ｶﾞｰﾃﾞﾝﾌﾟﾚｲｽﾀﾜｰ19F
TEL 03-6277-1601（営業）　03-6277-1602（編集）
URL https://www.alphapolis.co.jp/
発売元－株式会社星雲社（共同出版社・流通責任出版社）
〒112-0005 東京都文京区水道1-3-30
TEL 03-3868-3275
装丁イラスト－北沢きょう
装丁デザイン－AFTERGLOW
（レーベルフォーマットデザイン－ansyyqdesign）
印刷－中央精版印刷株式会社

価格はカバーに表示されてあります。

落丁乱丁の場合はアルファポリスまでご連絡ください。

送料は小社負担でお取り替えします。


ISBN978-4-434-33576-1 C0193